拋掉書本上街去

書を捨てよ、町へ出よう

寺山修司

李佳翰・嚴可婷 譯

推薦序①

High teen吹笛者：寺山修司

劇場導演／黎煥雄

每個人的青春都應該要有一個「寺山修司」。一部電影、一本書、一首短歌或者即使無緣親臨也讓人充滿嚮往與想像的劇場演出。我的寺山修司紀元是複雜的，很多也許先發生的卻更後來才得知，或者因為旅行意外地在哪裡重啟斷裂的銜接、引出深藏的伏流。

譬如，距離一部叫做《拋掉書本上街去》的電影面世五十年、距離第一次看到這部電影超過三十年之後，才終於有機會讀到這本更早存在的書。因為電影建立起來的近乎私密的心理關係，我急切甚至開始焦躁地在書裡翻找著電影的痕跡，從敘事的角度期待，乍看外在結果是落空的，它不是關於那部撼動我後青春心靈的電影的書——不是劇本、不是「原著」、不是相關紀錄。事實上一九六七年到一九七五年之間，總共有三本書、一個劇場演出、一部電影以《拋掉書本上街去》為題發行（還不含影劇衍生出的原聲帶音樂專輯），但是，文字是先行的，最早先有了第一版的書。接著同樣在一九六七年成立的天井棧敷在次年的第七回公演便推出了以high teen詩集為文本的同名劇場演出。

但精細一點追究，如果《拋掉書本上街去》這個標題是關於寺山的青春封印，那的確這本寺山以第一人稱進行的社會評論、隨筆書寫文字作品，就是那些同名劇場演出、影像作品無可取代的深層驗證。因此毫無失落的遺憾，甚至一口氣讀完竟然欲罷不能。幾乎是喜劇的，批判透過詼諧反諷，就像是能夠聽到寺山先生帶著微笑調侃世道人生的聲音。對一個習慣強烈視覺風格、充滿超現實夢境的寺山修司鐵粉，這本書的存在竟是如此意外地「鮮活」了原本神祕的作者，帶著狡黠迷人的入世感，是真的走在二十世紀六〇、七〇年代東京巷弄裡的寺山修司。

即使因為想像距離的改變，剛開始的不習慣卻很快被導入這個「煽動者」的步調，譬如〈後街紳士錄〉勾勒出的半地下、風俗連結、非法存在的東京，也許會讓你開始追問，這位先生嚮往黑社會嗎？他是情慾獵捕者嗎？有沒有隱約彷彿散發著雄性迷戀？還是種種嬉笑怒罵都沒有脫離骨子裡的寂寞少年？

那麼，終究寂寞的掩飾透過什麼？透過憤怒嗎？暫時連結回到電影——電影中飾演二十一歲徬徨青年北村英明的佐佐木英明，在戲裡那麼聲嘶力竭的怒吼，那種充滿年輕賀爾蒙的形象幾乎立即滲透進了年輕的靈魂、收買了多少的認同，開場跟結尾對著銀幕外的觀眾的後設性獨白又那麼同時穿透藝術媒介與寂寞心靈的本質，演員佐佐木英明，這個年輕寺山的經典「分身」，在書裡頭第三章的青少年（high teen）詩選裡有一首長詩〈望的季節〉（對，寺山先生「讓」出超過二十頁的篇幅選了幾首精彩的他者的詩），破題就是「新的隧道蓋好後／再也／看不到大海」三行巨大的青春鄉愁，根本不需要評論詩的技法，每一首寺山召喚而來的青春詩篇，都那麼具現狂飆精神的青春對抗，然後寺山先生最後以自己的〈我自己的詩的自傳〉應和了這些high teen們的焦慮、美麗、衝突與勇氣，他的破題直接引用了當代蘇聯詩人葉夫圖申科（一九三三—二〇一七）《太早的自傳》開頭的文字——「詩人的自傳，是他的詩作。其餘的不過是注釋。」但是，對於寺山先生「這個謎」，注釋，真的也是不可或缺的，而這本書，我們可以把它視作一個關鍵的「注釋」嗎？

但終究一個像童話故事裡頭、用魔法笛音帶走一群小孩的吹笛人，可以把日本一代接一代的青年或者我們身體裡的青春帶往哪裡？曾經因為引起（鼓動）行為風潮、頗具爭議的〈離家出走入門〉〈自殺學入門〉篇章，事實上以更當代的世故，當然都可以輕易地以反諷性來理解，但是，拋掉書本的孩子們找到他們的路了嗎？在殘酷的大街上隱匿了還是像樣地活下來了？關於他的國族美學再生、美國文化影響與隱約的左派意識裡的深層史觀與終極矛盾，也許需要另外專業的評論與分析才能解開了，而已經來回讀了兩次書稿、也藉機重新看了兩次同名電影的我，只能分享自己的迷戀。所以，一本書幾乎就是整體寺山宇宙的界碑、風土與印記了，只有讀過，也許我們才能說——啊，我「去過」那個「東京」了，我喝過一個叫寺山修司的不老大叔特調的犬儒之酒了。

關於黎煥雄

詩人，劇場導演。河左岸劇團、創作社劇團創始成員，人力飛行劇團藝術總監。二〇二二年《感傷旅行》向已故台灣文學的重要啟蒙作家陳映真致敬，獲第二十屆台新藝術獎年度大獎。

推薦序②

誕生於六〇年代的青春性

作家／盛浩偉

從前日本讀書界曾有種說法叫「青春的痲疹」，意思是說，總有某些類型的作品，其所散發的氣息、內在思維、姿態、語氣等等，會特別強烈地吸引嗜讀文學的青春期少年少女，讓人病狂般地深愛；但卻也如痲疹一般，在青春期過後，人們就會免疫。這個說法大都是指太宰治的文學，不過，放在寺山修司身上，特別是這本《拋掉書本上街去》也適用。

如今太宰治已享有盛名，寺山修司卻多只流傳於某些品味獨到的小眾圈子中，然而事實上這兩人有著驚人的相似。他們同樣都出身青森縣，都操著津輕腔，都創作力驚人，晚年境遇、健康狀況與女性關係（除了寺山並未自殺以外），也極為相似，而且就連名字——太宰治本名的島津「修治」（しゅうじ）與寺山「修司」（しゅうじ）——

都一模一樣。但是更重要的是，他們的作品裡都有著濃厚的青春氣息——只是，那是誕生自不同時代的青春。

太宰治所見證的是在二戰前後，整個日本社會，以及知識分子的立場與言論之丕變，使他深感人性醜惡及假偽，因而懷抱虛無主義，以頹廢無賴之姿面對世界。而寺山修司所見證的，則是戰後，特別是六〇至七〇年代初的世界。

在日本，那是有過兩大波學生運動、公民運動的時代，分別是一九六〇年的反安保鬥爭，以及一九六八年開始的學生運動；特別是前者，寺山曾側身其中。而在世界，那則是一個後現代的言論開始湧現的時代。人們開始質疑過去曾經相信過的科學與文明，因為這些所謂的進步最終好像只帶來了無止境的戰爭與毀滅。人們也開始質疑政府與媒體所灌輸的宏大敘事與單一價值，因為即便遵循著某些集體性的規範、習慣或趨向，美好的未來也並未到來，而生活卻越來越僵化，令人窒息。

這樣的背景下，於一九六七年，寺山修司出版了評論集《拋掉書本上街去》；而後，他又創作了同名的戲劇作品，並於隔年由他所主宰的前衛實驗劇團「天井棧敷」搬上舞台。到了一九七一年，他再度以同樣的標題拍攝電影。於是，透過書籍、戲劇與電影這三種不同形式媒介、內容故事也都各異的作品，「拋掉書本上街去」這句話遂在那個反叛年代，成為響亮的口號。

就評論集的《拋掉書本上街去》而言，今日所能看到的版本，大多已非一九六七年、由芳賀書店出版的原始版本，而是之後改由角川書店所出的新版，其在內容上有許多增補，尤其是大量賽馬相關的隨筆文章。而這也是中譯本所依據的版本，讀者於是會看到某些篇章提及了七〇年代以後的事情，如〈月光假面〉裡說到的聯合赤軍。因此，本書既有著六八年學運時那種質疑體制與顛覆既有價值的爽快，卻也摻雜七〇年代以後經濟增長放緩、通貨膨脹嚴重、保守勢力重返所帶來的，對於未來的無力與迷茫。

有趣的是，雖然書名叫人「拋掉書本」，卻預設了在此之前曾是「緊抓書本」的。在書中散落各篇的文學作家、作品，都證明了這點，而事實上，這個書名／這句話的由來，也是取自紀德的《地糧》（詳見〈我自己的詩的自傳〉）。換言之，寺山修司故意挪用這句話，字面上看來彷彿在高唱讀書無用、批判教育僵化，但實際上，卻是透過他廣博的讀書眼界與非主流的人生經驗來告訴我們，在閱讀、遨遊於文字的抽象世界的同時，也不能逃避具象的外在世界，要面對現實。

不可諱言，寺山修司在書中採取了挑釁姿態的策略，讓本書某些部分在現在讀來顯得過時，例如肉體至上、即時享樂，以及他的性別觀念，而〈自殺學入門〉在今日更像是踩到了心理衛生的紅線。但我們也可以採取另一種閱讀策略，未必要字字句句計較他提出的見解，而是把握住他想傳達的精神：在一個外在環境、社會結構、人際關係等種種束縛無比牢固的現況下，我們該如何掌握自主權？該怎樣掙扎才能擁有自由？我們能否實踐專屬於自己的價值？正是年值青春的靈魂，才會特別對這些深刻的問題產生共鳴。而這也就是寺山修司作品的青春核心了。

關於盛浩偉

臺大日文系、臺大臺文所碩士畢業。著有《名為我之物》。
合著有《華麗島軼聞：鍵》《終戰那一天》《百年降生：1900—2000臺灣文學故事》等。

目錄 CONTENTS

【編註】

- 從當前維護人權的觀點加以檢視，本書內文確有不恰當、不適切的語句與表現方式；經考量作品發表之初的時代背景，並取得本書著作權繼承人的理解，部分內文由日本出版單位編輯部負責修改。（日文版說明）
- 本書中文繁體版依據原文全本未刪減翻譯，全部註解為譯者與編輯所新增，試圖交代當下時空氛圍，若有未竟之處，尚請批評指正。

壹—拋掉書本上街去

給老爸的幾句話

非快不可

我憧憬速度，喜歡兔子，不喜歡烏龜。

但是，老爸們說應該效法烏龜。烏龜的誠實和勤奮，最重要的是，背負著「家」的笨拙及真誠，就是老爸們鍾情的樣貌。

原先，速度與老爸們為敵。

皮耶・盧梭[①]寫道：

「戰前派的優雅，就是挑速度的毛病。」

「每個司機都埋怨，他們不得不以一百公里時速，在尚・雅克・盧梭[②]盛讚的徒步旅行道路上疾駛。生意人貌似惋惜還有著小郵局和肩背郵包的『美好昔日』，對電話的使用感到遺憾。橫越大西洋的蒸汽郵輪上，乘客們仰天嘆息，緬懷昔日的水手，雖不比當下的專業人士，但恍如身輕如燕的輕功高手，從中桅帆縱身飛躍到前桅中帆，展現當時帆船的魅力。」（《速度的歷史》，一九四二年）[③]。

老爸們之所以討厭速度快的事物，是因為他們認定速度和人生永遠是函數關係。所有的速度都流向墓地——所以，最好是慢慢來。在一生中，即便是萵苣的葉子，能多看一片是一片，這就是討厭速度的老爸們的幸福論。

然而，老爸們的「速度越慢，經驗越豐富」人生觀，是建立在對反科學的錯誤認識之上。事實上，我們的父祖所留下的文化遺產，都是無比快速的事物。在歐洲，從古希臘馬拉松跑者到隆瑞莫[④]的驛馬車，再進展到太空火箭的兩千六百年「速度史」，在日本則以文化的形態孕育著。

如同埃及文化般保存著信件、壁畫、玩具、墳墓及各種廢棄物，並試圖以記憶勾勒出

---

① Pierre Jean-Baptiste Rousseau，一九〇五～一九八三。法國散文作家、認識論學者、天文學家和記者，撰寫大量科普作品。

② Jean-Jacques Rousseau，一七一二～一七七八。啟蒙時代法國哲學家、政治理論家、文學家和音樂家，著有《科學和藝術的進步對改良風俗是否有益》《論人類不平等的起源與基礎》等重要哲學著作，尤其《社會契約論》對民主制度的建立有著深遠影響。

③ 《Histoire de la vitesse》，一九四二年，法國大學出版社（Press Universitaire de France）。

④ Longjumeau，距離巴黎約一八・二公里，十七至十九世紀為歐洲驛馬車的驛站之一。

文化的輪廓：死者的文化、凝結沉澱和石頭的世界史觀；以及如印度文化般，試圖忘卻一切的非歷史文化、虛無、涅槃及從《梨俱吠陀》[5]到佛陀的宗教有機體，與之相比，日本的文化可以說是「速度」的文化。

櫻花盛開後轉瞬凋零的「時間」長度，以及不自禁要感覺瞬間即為永恆的日本人對感受美學根柢速度的嚮往，在從「最快損壞的出口商品」到「世界最快詩詞的俳句」中，擁有無數扭曲的素材。

當被神風特攻隊的殺人勞動惡操的父親，肉體開始衰老而痛恨「速度」時，我們的週刊雜誌封面主題是跑車、盜壘王乃至於「淀號」噴射客機[6]，充斥著關於快速事物的文章。速度逐漸在我們的腦子裡形塑成存在論，但老爸們的肉體則完全跟不上。說到速度，老爸會想起的是純種馬，然後拿著《馬報》衝向賽馬場。老爸啊，我們該如何向您解釋賽馬中的速度是一個隱喻的世界，但對我們而言速度則是真實的存在？

畢竟，速度是我們這代的「另一個祖國」，非常宜居。J・波本[7]曾向老一代宣示：「對我們而言，生活不再是人生的英雄志業。」但是老爸啊，你明白這種心情是來自以時速五公里捨棄歷史的意志嗎？

媽媽不能和我一起睡覺

當我要求睡在一起時，媽媽說她不要。為什麼不要？——難道我透過拳擊鍛鍊的肉體沒有魅力嗎？最重要的是，這樣是「畜生道」⑧。撫摸媽媽的頭髮是愛，撫摸她的乳房也是愛，而一旦性交，就會墮入「畜生道」，這種說法，是因為極端的宗教倫理觀。

畢竟，對於母親而言，性交更像是生殖，而不是享樂。這可以說是她在少女時期讀過托爾斯泰作品的影響。

托爾斯泰說：「唯一正常的性行為，明顯是為了生孩子。」因此，「即便是已婚夫婦之間，縱欲享樂也是不正常的。」（這種論調再更進一步）「使用避孕器具的人，是打老

---

⑤ ऋग्वेद，全名《梨俱吠陀本集》，漢譯為《歌詠明論》，是《吠陀經》中最早出現的一卷，原為口傳方式保存，後成文於公元前十六世紀到前十一世紀，為印歐語系最古老書籍之一。

⑥ 一九六六年製造，由日本航空營運的波音七二七－八九型噴射客機，以近畿地方河流「淀川」命名，在一九七〇年遭日共赤軍派成員劫持至北韓平壤，為日本史上首次劫機事件。

⑦ Jean-François Bourbon，二十世紀法國作家，本篇引述的內容即出自其所著《給老爸的兩句話》（À nous pères, deux mots !），日文版書名即為本篇篇名。

⑧ 為佛教的六道之一，指的是飛禽走獸、蜎蠕蟲蟻等所有實存動物，亦包含龍等具動物外型的傳說生物，與地獄道、餓鬼道合稱三惡道。

婆的變態男人，比強姦成孕的惡狼還要異常。」（柯林・威爾森）⑨。

但是我喜歡快樂，媽媽不是也喜歡快樂嗎？快樂不過是我們創造的文化（包括其複雜多樣的方法）。

和媽媽一起睡覺其實很容易，和老爸一起睡覺也不難。事實上，有個叫胡蘿蔔的預校生，每天早上都和老爸一起睡覺，在拂拭去性的疑雲之後，就去唸書。

快樂是獲得它的人的財產。人有和任何人共枕的「自由」，形成阻礙的既不是行蹤不明的神明，也不是被稱為常態的惰性習慣。然而，我們都同意只有嫉妒才是可怕的。如果，不需要嫉妒就能了事，各種性禁忌就會一口氣瓦解吧。

我們必須像啜飲一小匙咖啡般，自在地相互愛撫，無論共枕同眠的是父親、母親、老師，還是初次邂逅的對象。所有人都明白，畢竟道德只是為了秩序和自保，而由掌權者所創造的。

如果我變成妓女
第一個恩客將是雪國的太郎⑩
如果我變成妓女
讓我們把所有買來的書都拿到二手書店賣掉，再去買世界最香的香皂

如果我變成妓女
我要對於那些背負著太多悲傷的人，
張開我的翅膀
如果我變成妓女
我要把還有著太郎味道的房間打掃乾淨，雖然不太好意思，但誰都不能進來
如果我變成妓女
要在太陽底下一邊流汗
一邊洗衣
如果我變成妓女
我要將仙女座當成手鐲
學會咒語（略）

這首詩的作者，是一名十七歲的高中女生。而這個高中女生，一點點都感覺不到老爸

⑨ Colin Wilson，一九三一～二〇一三。英國作家，《局外人》（The Outsider）為其成名作。
⑩ 日本作家伊藤整（一九〇五～一九六九）所撰寫的小說《雪国の太郎》的主角，一九四三年由帝國教育會出版部出版。

們性生活的黑暗汙穢。

當我發現，嫉妒是源於愛情與肉體私有財產化的壟斷主義時，我更喜歡這個十七歲的高中女生的溫柔，而不是名為貞潔的美德。事實上，對我而言，雖然每天都想和各種各樣的女人上床，但這不是源於「性解放」這般的大道理，而只是更簡單的慾望。

與任何人都能發生性關係——如果這麼說，會讓你越來越皺眉頭、不愉快，但如果你懂得性交的樂趣、出人意表的樂趣，乃至於想像的樂趣，你也許就能領悟男人之間、親子之間、人畜之間、師生之間的所有性交的可能性，都直接觸及了人生的真實樣貌吧，老爸。

人人都喜歡戰爭的社會

每年一到夏天，畫報雜誌就會推出原子彈爆炸專刊。於是，全書充斥著原子彈受害者被灼傷，瀰漫著死亡氣息的照片，而且買氣沖天。出版這些專刊，主要是為了反對原子彈轟炸，但我並不想看這樣的畫報雜誌。基本上，我反對「反對原子彈轟炸」。假借「反對原子彈轟炸」，實則想窺看人們死亡的醜態，只要這種心態還根植於大眾之中，我既不會相信歷史，也不會與「反對原子彈轟炸」運動同流。

或許，只能等某年夏天，出版社企劃出版了滿是燒灼傷疤與美國死亡禿鷹的原子彈紀念特輯，卻一本也賣不出去的時代來臨，越戰[11]才有可能結束吧。

您覺得呢？喜歡戰爭的老爸？

「只要有一點錢進來，就想去賭一把。」當聽到我這種魯莽的發言，老爸們應該都會傻眼。

「就算賭贏了，」

反對賭博的老爸們會說：

「不義之財是留不住的。如果你的錢不是勞動所得，絕不會為你帶來幸福。」

然而，單靠勞動又能賺多少錢呢？就算不是我那些做車床工作的朋友，也一定知道，如果我們這時代的上班族、勞工，謹守依計畫分配使用月薪的均衡主義，根本買不起跑車。

不僅如此，就連買一套百科辭典，或是在馬克沁餐廳[12]喝一份蝸牛湯，或坐在擂台旁第一排觀看西城正三[13]的拳擊比賽，都無法辦到；即使想買雙新鞋，也必須反覆斟酌，這

⑪ 一九五五～一九七五，北越（越南民主共和國）與南越（越南共和國）的內戰。
⑫ Maxim's de Paris，法國著名西餐廳，本店位於巴黎皇家路三號，這裡指的是位於東京銀座五丁目的分店。
⑬ 一九四七年生，日本職業拳擊手，前WBA羽量級拳王。

就是現實。然而另一方面，銀座的俱樂部仍然客人多到滿出來，豐田汽車的產量在全球名列前茅，售價相當於勞工薪水六、七倍的全套百科辭典時常盤踞在暢銷書排行榜前幾名。還有在超跑車展上垂涎三尺的青少年們，不禁讓人想起水前寺清子[14]歌中唱的：「東京不行的話還有名古屋喔！」[15]

這時候，我們必須對這種實為經濟暴力的單一奢華主義進行思考。有的人寧願裹著毛毯睡在橋下，也要買一台渴望已久的跑車；有的人可以連續三天只吃麵包和喝一罐牛奶，也要在第四天到馬克沁餐廳用餐。突破藉由平均分配金錢建立的均衡生活規律以及可能性的地平線，不就是這種單一奢華主義嗎？

如果將金錢均衡分配在西裝、公寓和飲食上，我們就會立刻混同到一整群「烏龜」之中；因此，我們才會選擇能將經濟實力集中，挹注到能夠體現自我存在的事物上。老爸們揪著那些西裝族、美食家、運動迷的年輕人，痛罵他們不三不四，但這種個人體驗，實則是發自思想的行為。多元化的資訊社會不斷發展，散布著各種均衡的資訊，使我們更加體認自己只是這個世界上的渺小存在。就算發現自己做到退休為止，累積的薪水還不夠森進一[16]尋歡作樂一年的開銷，老爸們仍然必須勤奮工作，為了不重蹈這些無名戰爭罪人的老爸們的覆轍，我們在日常生活中，就必須來場「冒險」。

對非洲原住民而言，他們對生平第一次看見飛機所受到的強烈震撼所做的描述，可以視為是思想萌芽的話，那麼希望老爸們也能理解，對於我們低薪勞動者而言，一晚的銀座俱樂部、一盅燕窩湯、一趟夏威夷旅遊、非洲的獨立運動，以及日本那夢幻般的「東京戰爭」——全部都是單一奢華主義的產物。單一奢華主義會從現實原則出發，與另一個慾望的現實連結起「時間」的循環。

我們並非為了達到這個目的，而把「賭博」當成休閒樂趣，而是作為思想來掌握，從時代的封閉中找到出口。雖然老爸們認為「不義之財留不住」，但世上的錢財無不是不義之財，因此，與其像說書人唱的搖籃曲中「烏龜爸爸揹著烏龜兒子，烏龜兒子揹著烏龜孫子」那樣乖乖存錢，還不如到比賽中作弊的賽車場上賭一把如何？老爸？

⑭ 一九四五年生，日本演歌歌手、演員，連續二十二次紅白出場。
⑮ 水前寺清子名曲〈東京不行的話〉（東京でだめなら）的歌詞。
⑯ 一九四七年生，日本演歌歌手，保有連續四十八次紅白出場的紀錄。

看見岩下志麻[17]的尾巴了嗎？

很少人知道岩下志麻長著尾巴。就算你說吉永小百合[18]的腳趾間長蹼，或是淺丘琉璃子[19]的腋下有鰓，老爸們也不會理你，因為老爸們相信，人類用不著鰓、蹼和尾巴，他們相信人類的肉體是基於社會生活的需求，強化特定機能而形成的。

老爸們認為，像海克力斯[20]那樣的肉體，如果長生不老到派不上用場的現代，這種肌肉男也只能當碼頭工人或是自衛隊隊員。

伊林[21]的《人類的歷史》[22]是從人類還極為矮小貧弱的時代寫起。當時人類還不是大自然支配者，而是順從的奴隸。他將人類成為大自然支配者的歷程寫成敘事詩，但還來不及將「自然」轉換為「文明」的歷史就與世長辭。伊林的心中有茂密的森林，但他的靈魂能否存續是個疑問。

老爸們都有發達的臂力和扁平足，以及需要戴眼鏡的雙眼，整體而言，與海克力斯式的完美無緣的不完美肉體，才是他們慣用的身體。同樣發達的臂力，是在爆滿電車中扒開人群不可或缺的「工具」；扁平足反映他們想更充分接觸地球的不安感；眼鏡則是電視和雜誌看太多的結果。然而，我認為這些頂多只能因應文明社會的要求，不過是文明社會順從奴隸的肉體。不該是肉體去適應文明，而應該讓文明來配合肉體。而所有女演員都是這種肉體的先鋒，必須預知新的文明。

我要告訴只想愛撫生殖器和哺乳器官的老爸們，希望你們開始從對無用的肉體、毫無作用的尾巴開始，回復作為人類的尊嚴吧。走吧，去你們的情婦身上找尾巴，快去找尾巴！

⑰ 一九四一年生，日本著名女演員，以《極道之妻》（極道の妻たち）系列聞名。
⑱ 一九四五年生，日本著名女演員，保有最多（四）次榮獲日本奧斯卡最佳女主角獎的紀錄。
⑲ 一九四〇年生，日本著名女演員，曾獲日本藍絲帶獎、每日電影獎、電影旬報十佳獎最佳女主角獎。
⑳ Ἡρακλῆς / Hēraklēs，希臘神話最偉大的半神英雄。
㉑ M. Ильи́н，一八九六～一九五三，前蘇聯科普作家，著有俄文科普作品《十萬個為什麼》。
㉒ Как человек стал великаном，一九四〇～一九四六，伊林夫婦合著的社會科學著作。

年輕人，要胸懷大屁股①

Boys get the bug hips!

「現在的年輕男人，都是乒乓球世代啊。」

酒館裡的老女人說道。

「乒乓球世代是啥啊？」

我反問。

「所謂的乒乓球，」

老女人笑著說道：

「就是卵蛋很小啦。」

世界上什麼球最大？

的確，乒乓球很小，小得可以放在掌心裡（不過呢，也比我們這個世代任何人的睾丸都大吧）。

和乒乓球比起來，還是棒球好啊。

一個年輕女孩這麼說。

棒球至少比乒乓球大，更有重量感。

所以，比起乒乓球，棒球更有男性特色。

但是這樣說來，足球不就更具有魅力嗎？

因為足球的球體圓周長二十七英寸，重量也有四百公克。從大小來看，就算有著直立猿人那麼大的睪丸，也遠遠比不上它吧。

最近的足球熱潮，雖然我認為是因為釜本[2]和比利[3]的「腳的魅力」，但一說「好像是因為那顆大球的魅力呢」，我朋友的幾個學生禁不住笑了出來。

---

① 本篇標題是轉化自一八七六年美國農學教育學家威廉・史密斯・克拉克（William Smith Clark，一八二六～一八八六），在日本北海道札幌農學校擔任首任副校長期間，給第一屆畢業生的贈言：「少年啊，要胸懷大志！」（Boys, be ambitious.／少年よ、大志を抱け！）。

② 釜本邦茂，生於一九四四年，日本足球名將、教練及參議院議員，被譽為日本足球史上最偉大的球員之一，保有多項日本足球史累積進球紀錄。

③ Edson Arantes do Nascimento，生於一九四〇年，暱稱比利（Pelé），巴西著名足球員，被譽為二十世紀最偉大球員之一，並被國際足總授予「球王」（The King of Football）稱號。

再怎麼說，「因為現在是性的時代了嘛。」

女孩子喜歡大球也不是沒道理。

隨著《麥斯特報告》④這類性醫學研究的進展，受到這種原始樸素的性吸引的現象，正是女性懷春的體現。

「這麼說來，球還滿管用的哩。」我說。

「那世上最大的球是什麼呢？」

如此一問之下，一個學生回答：

「那再怎麼說都是地球吧。」

我大受打擊，彷彿落荒而逃般地說：

「要是有女孩子感受得到地球的性魅力，那我真是甘拜下風了。」

諾曼・梅勒⑤的那篇論文〈熟悉美國南方的人都知道，白人畏懼黑人的性能力〉⑥發表後，聲名大噪。

這篇論文痛快地批判白人的保守性格，「白人驚懼不安，就怕被黑人睡了自己的妻子，因此歧視黑人，對待黑人不平等，勉強守護住自己的地位。」

在我的時代，所謂的性別優越性仍然極為重要，因為它直接連結到支配的權力。

如果將諾曼・梅勒這篇論文中的「白人」換成「老人」、「黑人」換成「青年」，又會如何？這麼一來，又會出現另一篇自白書。

老人們畏懼青年的性能力，因此歧視青年，對青年不平等。

然而，令人驚訝的是，現實卻剛好相反。

例一——某天在咖啡館中，有一名年輕人正無精打采地聽著查爾斯・明格斯[7]的爵士樂曲〈豬喚藍調〉[8]，我抓著他問：

「你為什麼這麼無精打采啊？」

「我女朋友被人搶走了。」

「誰搶走的？」

---

④《Masters' report》，一九六六年由美國華盛頓大學醫學院婦產科與人類性研究先驅威廉・麥斯特（William H. Masters，一九一五～二〇〇一）發表的性問題研究報告。

⑤ Norman Kingsley Mailer，一九二三～二〇〇七，美國著名作家、小說家，普立茲獎與國家書卷獎得主。

⑥ 似與其著作《THE WHITE NEGRO: Superficial Reflections on the Hipster》（一九五七）有關。

⑦ Charles Mingus，一九二二～一九七九，美國爵士樂手、作曲家、團長，以反對種族主義著稱。

⑧〈Hog Callin' Blues〉，收錄在一九六二年的《Oh Yeah》專輯。

我追問道，他回答：「我們公司的部長。」

「部長請她去夜店，在那裡吃完飯又帶她到飯店，她就輕易地投降了。」他說。

「那個部長幾歲？」

「四十六了。」

我「欸」了一聲，大吃一驚。二十歲的小夥子竟然被四十六歲的大叔搶走女朋友，怎麼會有這種事？

「你有強健的內臟和腎上腺素，還有旺盛的精力。」

就算不吞蜂王漿和壯陽飲料，充沛的體力也能輕而易舉滿足戀人的需求。當然，如果能更有幹勁一點，還有優於四十多歲大叔的氣息，也還能唸首詩是吧。

「明明條件這麼好，怎麼會這樣啊？」

被我一問，他的頭垂得更低。

「我自己也不清楚怎麼會這樣啊。」

例二——有個漂亮的女孩，她有一對如同安・瑪格麗特⑨般水亮的大眼。以下是她的自白。

「我男朋友是個樂手，長得很帥，但沒什麼錢……而且未來也還不安定。」

工。

「所以，我才會狠下心跟現在這個服裝公司的社長交往。一開始只是為了能去打

「可是，身為女人我就是沒辦法啊。跟社長開始交往後，漸漸無法忘懷他溫柔的床笫情趣。到現在，跟男友約會已經成為一種痛苦。」

這樣的例子多不勝數。實際上，或許就是這樣與球相關的「喜劇」，才是現代青年最實際的狀況吧。

性經分離的建議

我常想，老人的日常生活是什麼？現代不就是這些掌握實權、專橫跋扈的「老人的時代」嗎？

五十五歲從公司退休，成為寂寞的孤獨老人！（如果當事人希望的話，養老院也會收留他們！）但這只是表象，現實卻完全相反。例如，看看日本的內閣閣員。有幾個大臣不是老人？

⑨ Ann-Margret，一九四一年生，瑞典裔美國演員，曾獲提名奧斯卡最佳女主角獎。

每個都是老人，都屬於「必須給予關懷與撫慰」的世代。

然後，這些老人掌握政治的主導權，甚至還逐漸侵犯青年的性主導權。年輕人只能逃避到民謠裡，絕望地唱著：

今天的工作

很辛苦

下班後拿起燒酒

灌下去[10]

這曲子讓人聽了覺得像身陷「沒有未來的世界」裡。

為了衝破阻礙，如果不去探求老人們如此跋扈的原因，就真的毫無意義了。

「無論如何，就是興盛的強精劑和賀爾蒙製劑，為中老年人帶來性的復興[11]。」

藥房老闆應該會這麼說吧。

那麼，查理・卓別林[12]、法蘭克・辛納屈[13]、君臨大中國的毛大叔[14]……等人呢？這些老爸的返老還童，也是賀爾蒙製劑的作用嗎？

「不，不只是這樣。」

青年們反駁。

「主要原因，還是錢。」

「錢？」

我反問道。

「對呀！對呀！因為上了年紀的人都很有錢啊。」

原來如此，我心想。

英國「憤青」⑮之一約翰・布萊恩⑯的小說《金屋淚》⑰中有描寫：

女：「喬，你眞的愛我嗎？」

---

⑩ 一九六八年日本歌手岡林信康創作的民謠〈山谷藍調〉（山谷ブルース）的歌詞。

⑪ 原文為「renaissance」，新生、復活之意。

⑫ Sir Charles Spencer "Charlie" Chaplin，一八八九～一九七七，著名英國喜劇演員、導演及反戰人士，二十世紀初期最具代表性的喜劇巨匠。

⑬ Francis Albert Sinatra，一九一五～一九九八，著名美國男歌手、演員，被公認為二十世紀最優秀的流行音樂男歌手之一。

⑭ 毛澤東，一八九三～一九七六，中國共產黨、中國人民解放軍和中華人民共和國的主要創建者及領導人。

⑮ Angry Young Men，此為文學用語，即「憤怒的年輕人」，起源自二次大戰終戰後英國社會，意指歐美左翼思潮中主張顛覆傳統社會價值的叛逆青年。

⑯ John Gerard Braine，一九二二～一九八六，英國小說家，著名憤青。

⑰ 《Room at the Top》，一九五七年出版，曾改編為同名電影，並獲奧斯卡最佳女主角及最佳改編劇本獎。

男：「妳明知故問。」

女：「你有多愛我？」

男：「十萬英鎊那麼愛。」

說完他又重複了一遍：

「換算成錢，值十萬英鎊。」

——於是，男人與擁有十萬英鎊財產的女人結婚了。

青年在經濟能力上難以與中老年人平起平坐。明白這個道理的老人們，甚至打算用錢把性也獨占。

然而，「性經一體」的社會，是不幸的社會。

那些古老的美麗男女愛情故事，例如保羅與維珍妮⑱、達夫尼與克羅伊⑲，他們不需要為了獲得美好的性生活而花費金錢。

事實上，創造一個無須金錢也能達到性解放的社會，正是青年的特權。「性經分離」（過去是說政經分離……）才是青年能回復對性的權利的條件。

性復興的夢想

以前，「像個男人」這種說法相當時興。

讀完古代英雄傳說後，誇耀自己陽具的青年們，一個個冒出來。有人自稱「我一公尺長的陰莖像根長槍」，還有人說「我把又硬又直的陰莖當成斧頭，對著樹揮下去，樹一下子就倒了」。

這些當然都是鬼扯，誰會相信這種蠢話；然而，他們吹起牛來臉不紅氣不喘，令人莞爾。

小說《太陽的季節》[20]大賣之後，我們這些大學生都非常熱衷於「陰莖是不是真的能捅破窗紙」的實驗，甚至有人辦比賽，成為青年必玩的遊戲。

元氣滿滿的男孩們，在國中階段，就坐著比「精液可以射幾公尺」；如今卻被老人搶

⑱ 法國小說家雅克–昂利・貝納丹・德・聖皮耶（Jacques-Henri Bernardin de Saint-Pierre，一七三七～一八一四）的小說《保羅與維珍妮》（Paul et Virginie，一七八八）的男女主角。

⑲ Ποιμενικὰ κατὰ Δάφνιν καὶ Χλόην，西元二世紀末古希臘戀愛故事，曾於一九一一年由法國印象派作曲家拉威爾（Joseph-Maurice Ravel，一八七五～一九三七）改編創作為同名芭蕾舞劇《Daphnis et Chloé》。

⑳《太陽の季節》，日本作家、政治人物石原慎太郎（一九三二～二〇二二）於一九五五年就讀一橋大學時發表的小說，獲得第一屆文學界新人賞、第三十四屆芥川賞。

走自己的戀人，實在令人不解。

至少，這不能說是符合自然原理。

以佐藤總理[21]為首的當代的老人們，請想想看：「自己為什麼會那麼討人厭？」老人們開心呵呵笑，一定是有原因的。

因為，老人們「不只在政治上，即便在性方面，也讓年輕人甘拜下風」，而覺得十分安心；正因如此，他們才能冷靜輕鬆地說「要和青年平起平坐地一邊喝茶，一邊理解他們」。

總之，簡單地說，就是被他們看扁了。

在電視劇和電影中活躍的演員都是青年，無論是大衛・強森[22]、石原裕次郎[23]、《打擊魔鬼》[24]劇中的二人組，或是高倉健[25]，每個人都很年輕。

然而這些人終究只是「故事」中的浮光掠影，現實社會中的英雄，無論是詹森[26]、蘇卡諾[27]，還是賽維爾・庫加特[28]、法蘭克・辛納屈、田中彰治[29]，全部都是「老人」。如此一來，「我們的時代」終究不會到來。

儘管無法改變老人把持政治、經濟的現狀，至少在「性」這方面，青年們必須回復自己的支配權。

只有在老人們必須擔心環繞著自己，被稱為二奶、小妾、戀人、達令、情婦之類如珍・曼絲菲[30]般的美女，「不知道哪天會被年輕人睡走」的時候，才能說是「有可能性的時代」。

㉑ 佐藤榮作，一九〇一～一九七五，日本政治人物，於一九七〇～一九七二年擔任內閣總理大臣。

㉒ David Janssen，一九三一～一九八〇，美國著名動作片明星。

㉓ 一九三四～一九八七，是日本著名演員、歌手，與美空雲雀同被視為日本二次大戰後最具代表性藝人之一，本篇文中提到的《太陽的季節》作者石原慎太郎是他的哥哥。

㉔ The Man from U.N.C.L.E.，一九六四年美國諜報動作電視劇，曾由台視在台播映。

㉕ 一九三一～二〇一四，日本著名演員、歌手，曾獲日本政府頒贈紫綬褒章、文化功臣、文化勛章。

㉖ 林登・貝恩斯・詹森（Lyndon Baines Johnson），一九〇八～一九七三，縮寫為ＬＢＪ，第三十六任美國總統。

㉗ Soekarno，一九〇一～一九七〇，印尼建國領袖及首任印尼總統。

㉘ Xavier Cugat，一九〇〇～一九九〇，西班牙拉丁音樂大師，被譽為「倫巴之王」。

㉙ 一九〇三～一九七五。日本政治家。

㉚ Jayne Mansfield，一九三三～一九六七，美國著名女演員。

年輕人，要胸懷大屁股！

這句話既非克拉克先生的教誨，也不是印刷錯誤。

這正是我要傳達的訊息。如果年輕人為了追求「兩房一廳和穩定工作的小確幸」，而去討老人歡心，會導致魅力盡失。

年輕人如果不去追求「危險的賽馬彩券」而是選擇「安全的賽馬彩券」，就不可能擁有一獲千金的理想。

「胸懷大屁股！」不只是字面上「抱緊大屁股—豐滿肉體」的意味，更是希望年輕人能壯大性復興的夢想。

早稻田大學的學生們認為，是否崇拜「植木等[31]與史懷哲博士[32]」完全無關緊要，「不吸睛也沒關係，胖胖的、不漂亮也無所謂，我只想和這樣的平凡女性結婚」。我只能說，這種想法非常貧弱。

難道你們不認為，追求「像伊莉莎白・泰勒[33]或碧姬・芭杜[34]、梅琳・狄夢嬌[35]般的女孩」，要比追求「胖胖的、不漂亮的女性」更有野心嗎？

因為蘇菲亞・羅蘭[36]和伊莉莎白・泰勒已經被「老人」搶走，無可奈何將就「胖胖的平凡女性」，那麼你的理想實在太低微了。

那就像是在人生開始之前，已經輸給人生。

就肉體而言，年輕人勝過老人。然而性不是運動，應該說，性更接近戲劇。因此，即便垂垂老矣，說得一口好台詞的「名演員」，仍能擄獲女主角芳心。

簡單來說，這是因為年輕人過度缺乏「性文化」的緣故。因此，雖然年輕人對性的慾望勝過老人，卻無法讓慾望燃燒（老人們則是有隱晦幽微的性文化，有黃色書刊和情趣用品，還戴著老花眼鏡讀性書，經濟實力或許也是優勢之一，也是有那種看到一張鈔票就願意投懷送抱的女人）。

——然而，年輕人們的「性文化」和「性技能」卻極為匱乏。雖然擁有性音樂這樣

㉛ 一九二六～二〇〇七，日本著名演員、歌手、吉他手、藝人。

㉜ 亞伯特・史懷哲（Albert Schweitzer），一八七五～一九六五，法國醫師，擁有神學、音樂、哲學及醫學四個博士學位，長期在非洲從事人道醫療工作，為一九五二年諾貝爾和平獎得主。

㉝ Elizabeth Rosemond Taylor，一九三二～二〇一一，英國及美國著名演員，兩座奧斯卡最佳女主角獎得主，並榮獲英女王頒發大英帝國勛章。

㉞ Brigitte Bardot，一九三四年生，法國著名演員，暱稱「BB」，與瑪麗蓮・夢露並稱西方流行文化性感象徵。

㉟ Mylène Demongeot，一九三五年生，法國著名演員。

㊱ Sophia Loren，一九三四年生，義大利著名演員，第三十四屆奧斯卡最佳女主角獎得主。

的資產，但在老人們「去死啦電吉他！」「披頭四[37]滾回去！」的怒斥之下，完全招架不住。只要年輕人還無法更加實踐性地復興，或無法催生胸懷大屁股這般的文化，就無法驅逐老人們。

我不認為自己是單純的佛洛伊德主義[38]信徒，但我認為，如果沒有慾望，就無法得到未來。你們如果不能將滿溢出卵蛋的能量當成武器，不能在性的領域開始反擊，只能淪落到老人們期望的結果。

只要能用的，就應該迅速、有效、優美地使用。

一旦老人們下令：「這傢伙精力過剩，讓他進自衛隊送到越南去！」那時就來不及了。

㊲ The Beatles，一九六〇年成立於英國利物浦組建的搖滾樂團，成員為約翰・藍儂、保羅・麥卡尼、喬治・哈里森和林哥・史達，被譽為史上最偉大、最有影響力的搖滾樂團。

㊳ Freudianism，也稱為精神分析學派，西方著名心理學哲學派別，創始人為奧地利精神病學家西格蒙德・佛洛伊德（Sigmund Freud，一八五六～一九三九）。基本原則為精神決定論，分為古典與新佛洛伊德主義。

月光假面[①]

有個人以為，只要穿上披風、戴上面具，就能變身為月光假面，然後他就從屋頂跳下來摔斷了腿。根據新聞報導，他是個四十出頭的保險業務員，目的是想成為「正義的一方」。讀完這篇報導，我心想：「要成為正義的一方，就一定要戴上面具喬裝打扮嗎？」

1

在我的少年時代，正義之士都以真面目示人，無論是名偵探明智小五郎或是「少年偵探團」[②]的成員們，都不戴面具也不變裝；「不知何方神聖」「來去如風」的，只有他們的對手怪盜二十面相。然而以第二次世界大戰為分界，這種倫理——象徵正義的真實面貌倒錯成邪惡的本尊，正義頓失所依，不得不隱藏真身。對於「來去如風」的正義之士，

①《月光仮面》（げっこうかめん），日本第一部真人超級英雄電視劇，由宣弘社製作，於一九五八年至一九五九年間播映，原作為川內康範。

②明智小五郎與少年偵探團都是日本推理小說名家江戶川亂步創作的偵探小說角色。

期待與失望在我們的心中交錯。我們終於開始疑惑他不是「正義之士」，連判斷正義的標準也不復存在。儘管不能大聲說出來，但我覺得怪盜二十面相與明智小五郎根本是同一個人，月光假面與兒童誘拐魔也是一樣。正義的自我與邪惡的分身，或是邪惡的自我與正義的分身，都是從單一個人的人格裡分裂出來，而為了加以修補，就需要「變裝」。我們的小學公民課老師，在戰後成為對女性施暴的新聞報導主角。對我們而言，與邪惡截然對立的正義並不存在；即便確實存在，戰後的民主主義教育也灌輸我們，無人能對其加以判別。只要無法現出真面目，正義及正義的一方就必須「來去如風」。即便如此，我們仍然期待正義之士，等待月光假面現身，為他的到來鼓掌喝采。如果像布萊希特③般訴說，應當是：「沒有正義的時代是不幸的，而需要正義的時代更為不幸。」

雖然不知來自何方
人人都知曉
月光假面叔叔
他是正義之士　是個好人
月光假面到底是誰呢？④

然而，對於探究自身需要的正義，我們卻不太熱切。正義也許是「邪惡的變裝」，兩者也許會因為政治化而倒轉立場；關於這點，我們疏於思考。恩斯特・費雪⑤在一篇談正義的評論中，寫到《真理報》⑥總編米哈伊爾・科爾佐夫⑦的故事。米哈伊爾在演講中說：「這個世界應該會發生相當嚴重的困難狀況。總之，無論在他身上發生什麼事情，都要思考，你們兩位一起思考我留給你們的最後這番話……要想起為什麼史達林總是對的……」之後他在同年十二月作家同盟演講後隔天遭到逮捕，最終被處以死刑。這是一九四二年⑧的事，而直到一九五四年後，米哈伊爾才被恢復名譽；也就是說，他是在他所說的「總是對的」那個人死後，才獲得清白。

③ 歐根・貝托爾特・弗里德里希・布萊希特（Eugen Berthold Friedrich Brecht），一八九八～一九五六，德國戲劇家、詩人。

④ 《月光假面》原作川內康範創作的主題曲歌詞。

⑤ Ernst Fischer，一八九九～一九七二，波希米亞裔奧地利記者、作家與政治人物。

⑥ Прáвда，一九一八～一九九一的前蘇聯共產黨中央委員會機關報。

⑦ Михаи́л Ефи́мович Кольцóв，一八九八～一九四〇，前蘇聯記者、革命家，也是前蘇聯內務人民委員部（NKVD，政治警察情治機關）特工。

⑧ 此處日文原書為一九四二年，經查證米哈伊爾・科爾佐夫為一九三八年十二月被逮捕，一九四〇年二月遭到槍決。

2

我們必須付出漫長的時間和龐大的犧牲，才能明白「正義」只是政治用語。比如說，當我還是個棒球少年時，我覺得好球是正義，壞球是邪惡，而判定正邪的是裁判。棒球規則也清楚寫著，裁判是神聖的，只要是裁判的判定，皆不得抗議。投手用同一顆球分別執行正義與邪惡，因此在精神上也是二者擇一地共存，裁判則是為觀眾一球一球區分正義與邪惡。然而某次，一名精通棒球的豆腐店老闆對我說：「你知道有所謂的『金田⑨好球』嗎？」我反問：「那是什麼？」豆腐店老闆說：「巨人隊的金田投手登板投球時，如果是T擔任裁判，金田投的好球絕對會變多。」

「背後原因，要從以前T和金田同隊擔任投手時說起。當時金田已經是日本第一名投，但T只是個窮光蛋二線球員。因此，金田經常把自己穿舊的西裝送給T，或帶他去喝酒。可是現在他們之間的關係，變成是球威減弱的選手和裁判。T為了報恩，會把好球帶邊緣模稜兩可的球，都判為好球哩。」老闆說道。「也就是說，這就是比其他人擔任主審時，好球會變多的原因。」我不確定豆腐店老闆這些話是不是事實，然而我認為，投出的球被判為好球（正義）或是壞球（邪惡），並沒有足以規範的科學，而只是取決於判定者的人格，因此政治的介入是必然的。正義與邪惡時常處於相對關係，同一個行為會被認為是正義，或被抨擊為邪惡，都是因為其所處的環境與政治的問題。如此一來，無論正義或邪惡，都是「為了××的正義」「為了××的邪惡」，同時暗示我們，他也是「為了××的月光假面」。

3

這下可好，真的發生事件了，而且情勢相當不利。我開始在心裡求救：「月光假面一定要出現啊！」這麼一想，白色圍巾隨風擺盪的正義之士來了。機車的聲音響起，我抬頭一看，原本想像的月光假面，其實是警車上的警官。月光假面的白圍巾和機車，就是潛意識裡警察的形象。而在這個時代通行無阻的「正義」，歸根究柢就是法律上的正義、警察的正義。因此，當政治體制弱化的時候，大眾會要求「另一種正義」「另一種法律」，然而這種要求，不就是反映出大眾本身無條件接受管理與支配的醜態嗎？當法律與正義得以維持時，就不需要「正義的一方」，只有在它們被某些人破壞時，站在法律與正義一方

⑨ 韓國名金慶弘（김경홍），一九三三～二〇一九，韓裔前日本職棒投手、總教練、球評，生涯累積勝投四百勝，為日本職棒史上最多勝投手。

的月光假面才會受到召喚。大眾不會自行驗證法律與正義，而是讓月光假面來守護這些已經樹立的價值。當我們說「月光假面叔叔是正義之士，是個好人」時，我們也必須懷疑戴著假面具，「不露出真面目，來去如風」的人。仔細想想，月光假面就像是私人偵探社裡薪資微薄、變裝成癖的中年男人。他在顯露真面目時軟弱無力，然而變裝之後彷彿脫胎換骨成另一個人，展開行動。藉由變裝，能將他從社會的壓抑中解放，發揮出無法想像的力量。

4

然而，變裝的人在變裝完之後就歸屬到「另一個世界」，那就是假面——或者說是虛構的世界，是存在於我們日常現實生活之外的世界。雖然我不會否定為了推動變革，而將虛構的現實作為媒介；但不可忽視的是，他「展開行動」的動機，經常根植於日常現實之中。也就是說，他的「正義」並非生成自他的虛構現實原則，終究只是一種既存的正義；而「另一種現實」亦非現實，僅僅是一種形式，只能實現提供白圍巾、假面具和機車的任務。因此，單身過著外食生活，手淫成癮的偵探社探員，藉著白圍巾和假面具的威勢而展現的「正義」，並不會轉變成農家次男當上警察後展現的「正義」，月光假面只有在作為補足警力空缺時，才有存在的意義。為什麼月光假面的傳奇，已經在我心中死滅？不只是月光假面，連怪盜二十面相也已經亡佚。已經變成老人的小林少年說：「因為實在抓不到怪盜二十面相，我……我們都老了。」所有少年偵探團成員也合唱：

我、我、我們是老人偵探團。

我作這首歌，是為了嘲諷被好男色的明智小五郎利用的那些人，追逐著不存在的怪盜二十面相（其實是變裝的明智小五郎），結果浪擲短暫的青春的少年偵探團成員，老了之後才知道「邪惡不過是正義的變裝」，一個社會的正義，就是另一個社會的邪惡，終於清醒但為時已晚。

5

也就是，月光假面也好、少年偵探團也罷，都無法投入如越戰那樣的國際事件。在那裡，正義與邪惡複雜交錯，互爭正義，想投入的人被迫自行「選擇正義」；而「月光假面叔叔」和少年偵探團成員們一路走來，只為被託付的「正義」而行動，他們無法擁有看透真相的「正義觀」。然而，要為正義奮鬥，就必須先建構自己的正義，這是我對月光假面的第一個要求。再者，所謂建構自己的正義，就是建構自己的法律，建立作為管理單位的

「另一個國家」。涅恰耶夫[10]將自己著作的《革命者教義》[11]視為一種法律，以正義為名射殺自己同志；聯合赤軍[12]也是以他們的法律與正義，對自己的同志進行「人民審判」與「處刑」。因為這些都是未被公認的法律，所以它們被支配人們日常生活的另一個法律認定為犯罪。如果月光假面曾經現身，身為「正義之士」，他是如何表現的呢？

6

佛瑞德・羅岱爾[13]寫道：「法律是諸科學中的奇利祿鳥。」[14]奇利祿鳥是向後飛的鳥，法律也是墨守傳統的原則與先例，「以革新為惡，以陳規為德」。因此，如果扣除那些打算創建自己國家的革命家們，當前的正義就是極端保守，而且「向後飛」的事物，成為將革命家變成罪犯的魔術師。我不太記得月光假面抖動斗篷飛行時，是「向前飛」還是「向後飛」；但是，自己似乎期待著月光假面會以圍巾加假面具的「制服」形象出現。那是因為當到達自己的極限時，會希望擁有能突破極限壁壘的「超能力」，並以此為踏板，超越並克服現在的自己。但是，當理解到「正義之士」並不為任何人出力時，疑惑頓時而生。當他們明白，所謂的「正義」，只是樂觀的政治用語，月光假面不過是受僱於現有體制的保鏢之後，所謂的「是正義之士，是個好人」，在他們眼中就開始成為招募警察廣告中的宣傳文字。不過實在有點丟臉，在我書桌的抽屜裡，現在還放著忘記丟掉的月光假面面具。

⑩ Сергéй Геннáдиевич Нечáев，一八四七～一八八二，俄國革命家，因對革命不擇手段而知名。
⑪《Катехизис революционера》，涅恰耶夫著於一八九四年，講述革命組織的組成方式與行動準則。
⑫ 一九七一～一九七二年期間活動於日本的極左派組織。
⑬ Fred Rodell，一九〇七～一九八〇，美國耶魯大學法學教授，以批判美國法律界聞名。
⑭ 這段話的原文是「The Law is the killy-loo bird of the sciences.」，奇利祿鳥（killy-loo bird）為傳說中虛構的生物。

腳時代的英雄們

家庭劇[①]去死吧

就從臭罵棒球開始吧。

棒球是以跑回本壘的次數決定勝負的比賽。

「巨人隊善良的柴田[②]，何時能衝回本壘（家庭）啊？」

「如果是品行好的長島[③]，靠著全壘打，不就能一口氣跑回本壘（家庭）嗎？」

這些事成為棒球比賽最受人關心的重點。

而且，許多上班族在下班之後會直接跑回本壘（家庭），打開電視，一邊喝冰啤酒一邊監視球員們有沒有安全回到本壘。

「啊——笨蛋！幹嘛不滑壘啦？」

上班族惋惜地叫道。

「快滑進去，還來得及啊！」

公寓外，一輛路面電車駛過。

如果邊看晚上比賽邊喝的啤酒上，也寫著「照自己的步調前進」之類的廣告文字，那麼生活也會是依照自己的步調。

穿著鬆垮的七分褲加上老土的長襪，滿腦子只想衝回本壘的跑者們！如果他們算是「現代英雄」的話，冒險與史詩的時代應該早就完結了吧。看著那些對準本壘衝刺的球員，我彷彿能聽見妻子們呼喚：「親愛的，快回來喲……」

「棒球是一種運動」的時代已經結束了。

現在，棒球是在客廳裡觀賞的「家庭劇」。

同時，它還成為相對安定的小市民們保守思想的代言人。然而，我卻不喜歡這種計算跑進本壘次數的生活，不喜歡家庭劇般的生活。家庭劇什麼的，討厭死了。

轉播夜間球賽的灰色電視畫面上，球員們奔回本壘得分的畫面，不過只是為幸福作的

---

① 本壘在日文是使用英文「home」發音的外來語，與「家庭」一詞雙關。

② 柴田勳，生於一九四四年，前日本職棒球員、總教練，以腳程快見稱，生涯累積五七九次盜壘成功，為日本職棒史上第三多，現為日本職棒名球會副理事長、讀賣巨人隊OB會顧問。

③ 長嶋茂雄（文中的「長島」為舊姓），一九三六年生，前日本職棒代表性球員、教練，被稱為「棒球先生」，現為讀賣巨人隊終身榮譽總教練、巨人隊棒球學院榮譽校長。

偽證。這種場面，與日常生活中的變革毫無關聯。

美麗的腳與強勁的腳

接下來要介紹一項粗暴的運動。

那就是足球。

據說全球有十億足球人口，在日本也掀起狂烈的熱潮。今年以來，單一運動比賽入場觀眾人數排行榜上，足球已經超越了棒球。六月二十二日在國立體育場舉行的英國阿爾比恩隊④與日本國家隊的足球比賽，吸引了四萬五千名球迷入場觀戰，為了杉山⑤和小城⑥與英國阿爾比恩（白馬）隊場上競逐的俊足，球迷們歡呼喝彩。

「為什麼足球會突然掀起熱潮呢？」

有些人百思不解。

「這是奧運⑦的產物嘛。」這是一般人的看法。

「據說在東京奧運時，其他比賽場場客滿，只有足球比賽沒什麼人訂票，最後剩下好幾萬張票，所以就到處送票。

因此，雖然進場的多半是不在乎是什麼比賽、只想體驗奧運氣氛的外行人；但一看之後覺得非常有趣，因此足球迷暴增。」

此外——

「克拉默[⑧]擔任日本奧運國家隊教練後，日本隊的技術飛躍提升，因此能在奧運會擊敗世界排名第一的阿根廷隊，人氣瞬間爆發。」

還有體育記者如此分析。

然而，一名普通酒館女侍的感想更吸引我。

那就是：

「你問我足球哪裡好看？因為球很大啊。」這麼一句話。

原來如此，足球確實比棒球大很多。它的圓周長六十八到七十一公分，重三九六到四

④ 全名史特靈阿爾比恩足球俱樂部（Stirling Albion Football Club），位於蘇格蘭史特靈的職業足球隊，隸屬於蘇格蘭乙級聯賽。該隊於一九六六年訪日，為初次訪日比賽的英國職業足球隊。

⑤ 杉山隆一，日本足球選手，前日本國家足球隊成員。

⑥ 小城得達，日本足球選手，前日本國家足球隊成員。

⑦ 於一九六四年十月十日至十月二十四日在日本東京舉行的夏季奧林匹克運動會。

⑧ Dettmar Cramer，德國前足球選手、教練，曾率領拜仁慕尼黑隊於一九七五、一九七六年衛冕歐洲冠軍盃。一九六〇～一九六三年執教日本奧運國家足球隊，影響日本足球運動深遠，被譽為「日本現代足球之父」。

五三公克。

因此，在寬廣的草地上，不論它滾到哪裡都「看得很清楚」。

可以被完全藏在手心裡的棒球，有時候會讓人看不見。

雖然播報員大叫：「球滾到外野牆邊！」但是對護網後的球迷而言，根本不知道球跑哪裡去。

所以在一般人玩的棒球比賽中，才會有人使用「藏球」這種像幻術的奇招；在棒球史上也發生過「比賽中球突然消失」（其實是球陷入投手前方的草叢裡）的事件。

與棒球相比，足球毫無疑問地大多了，因此可以很清楚比賽的經過。「一目了然」肯定是足球高人氣的原因之一，但「球很大」這句話，還有其他含義。

大球象徵男性。

它是性時代的象徵，看起來就是英氣十足。

而且，大球更是征服世界的條件之一。

在電影《鈕扣戰爭》[9]中，一個男孩問：

「誰來當隊長？」

話說完，另一個男孩驕傲地回答：

「誰的雞雞大就誰當啊！」

簡單說，現代即將成為「腳的時代」。

這個時代，取代了人類歷史上發明工具、使用工具並催生各種產業的「手的時代」。

「手可以做東西，腳不行。」

換言之，手是生產性的，但腳是消費性的，而且腳似乎遠比手更具享樂性的形象。

腳時代的樣本是「膝上十公分的短裙和足球」。

在此處，有美麗的腳與強勁的腳。

回復男子氣概的賭注

從手時代活過來的老人們，見到膝上十公分的短裙時會嚇到腿軟，應該是因為以前的女人腿很短，要是裙子捲到膝蓋以上十公分，就會看見重要部位，才會那麼害怕。

然而，統治「腳時代」的腳，是又長又美的。碧姬・芭杜的腳，本身就是一種文化。

⑨《La Guerre des boutons》，改編自法國小說家路易・佩高（Louis Pergaud）於一九一二年出版的同名小說。劇情描述Longeverne與Velrans兩個鄰近小鎮裡小男孩之間的鈕扣爭奪戰，榮獲讓・維果獎（Prix Jean-Vigo）。

珍・曼絲菲的腳，長得能在瞬間輕鬆跨過小市民的家。而且，連街上的少女們，也藉由膝上十公分的短裙炫耀她們的「財產」，來反抗「手的文明」。

空前的賽馬熱潮，不斷歌頌腳的時代，柴田和傑克遜[10]的人氣，也是來自身為「飛毛腿」的榮耀。

但是，還有一位獲得當代最高榮譽，被稱為「黃金腳」的人。

他就是獲得阿根廷職業足球隊七千萬日圓簽約金加盟邀約的杉山隆一。

早在就讀清水東高中時代，杉山華麗的足底功夫就大受矚目；進入明治大學後，立刻成為足球明星。現在他在三菱重工隊表現活躍，看著他的腳追逐球而去的情景，讓人想到敘事詩。

我一邊看著在日本隊與英國阿爾比恩隊的比賽中，在翠綠草地上快速奔馳的杉山，一邊想著：

「啊啊，強勁的腿是何等的英氣勃勃啊！」

據說，足球起源於西元一〇四二年。

剛開始時踢的不是球，而是人的頭骨。

當時還受到丹麥統治的英國人，將滾落在巷子裡的丹麥士兵頭蓋骨拿來踢，就是足球的濫觴。

就這樣，一個人踢出去後，另一個人踢回來，再換另外一個人踢。因此，英國人的仇恨，將踢頭蓋骨塑造成一種遊戲，而普及到全英國。之後在工業革命初期，轉變成有遊戲規則的娛樂，再成為英國的國球，到今年發揚光大。稱它為「世界最大的運動」，一點也不誇張。

現在已經有十億球迷。

它的規則極為簡單，除了守門員之外，任何人都不能用手摸球。使用手以外的任何身體部位，將球送入對方球門就行了。犯規的時候，由對方罰自由球（「free kick／自由踢」這個詞彙說得真好！）。就是從犯規的地方，對準對方球門全力踢球。

比賽分為上、下半場，各四十五分鐘。

以球為中心，兩支球隊的一堆腳追著球跑。追這麼一顆球就可以了，觀眾的視線也都

⑩ Louis Clarence "Lou" Jackson，一九三五～一九六九，美國前大聯盟職棒選手，因腳程快被稱為「黑色閃電」「黑色原子彈」。

集中在同一個地方。

（如果是棒球比賽，雙盜壘的時候，球迷在瞬間會猶豫該看哪個地方。）

在棒球比賽時，偶爾會因為投手太過自戀，而拖延比賽節奏。當我看到投手在投球準備動作時，停頓環視全場觀眾的自戀樣貌，深感他們與奔跑中的小城和釜本的快腳相比，實在毫無魅力。因為，日本的棒球選手拖延比賽節奏的站姿真的太多。

尤其是……我之所以熱愛足球，最重要是因為它是「從憎恨開始的比賽」。踢，用腳踢。這種行為，讓人感到滿溢的情感。

這是「照自己的步調」的小市民和幸福家庭劇主角們，已經忘卻的感情。

已經好多年連一顆小石頭都沒踢過的安穩上班族們，當他們看著場上的戰士們踢著頭蓋骨大的球，衝向對方球門（不是本壘／家！）時，不覺得應該尋回某些失去的事物嗎？

在足球比賽裡，有著現代人對於已忘卻感情的回憶。

在足球運動員閃亮的鞋尖上，有著回復男子氣概的賭注。

亞瑟・米勒[11]的《推銷員之死》[12]中，主人公威利・羅曼是個衰老的父親，他抓住自己兒子（一個美式足球選手）說的話，令人印象深刻：

「你必須盯緊帶球的傢伙，永遠待在那傢伙旁邊。這可是你人生的目標啊。」

⑪ Arthur Asher Miller，一九一五～二〇〇五，美國猶太裔劇作家及影星瑪麗蓮・夢露（Marilyn Monroe）的第三任丈夫，以劇作《推銷員之死》聞名，甘迺迪中心榮譽獎得主。

⑫《Death of a Salesman》，劇作家亞瑟・米勒的劇本，一九四九年在百老匯劇院首演，是一部相當具有影響力的二十世紀戲劇，並三度獲得東尼獎最佳復排劇獎。

才不相信什麼歷史

就是想找個地方逃走！

有一個青年，駕駛遊艇橫渡太平洋之後，被人們當成「英雄」。然而，這個青年並不想當英雄，不過是想逃避自己。因此，他不像麥哲倫[①]那樣有所「發現」，只寫下一本《孤單太平洋》[②]的逃亡紀錄。一九六〇年在反對日美安保條約抗爭中遭受挫敗的年輕人們，個個身心疲憊地凝望著遠方。

在地處偏僻的酒吧裡，傑利・藤尾[③]唱著：

我想走在
不知名的街道
前往遠方某處

這首歌，像極了被奴役的黑人們對於無力改變自己身處的時代，而感到灰心喪志時唱的藍調。黑人們在這首藍調中唱道：「如果有七十五分錢，給我一張七十五分錢的車票就好。」[4]蘊含著與這首藍調相同的情感；沒有人需要來回車票，只要得到「單程車票」就好。這首藍調，詠敘了一九六〇年開始的「逃亡時代」。

一九六〇年的冬天，在朝日盃三歲馬大獎賽[5]中，賽馬「博勝」[6]回應馬迷們對牠的期盼，從開賽就全速衝刺，一路領先奪冠，反映了身心俱疲的廣大群眾與他們所處時代的感情。接著，在一九六一年的日本德比[7]中，博勝再次奔逃在馬群最前方，回應了馬迷們

---

① Fernão de Magalhães，一四八〇～一五二一，為西班牙政府效力的葡萄牙探險家，一五一九～一五二一年率領船隊首次環航地球，死於與菲律賓當地部族的衝突中。

② 《太平洋ひとりぼっち》，日本海洋冒險家堀江謙一（一九三八年生）在一九六二年出版的手札，並在隔年改編電影由石原裕次郎主演。

③ ジェリー藤尾，一九四〇～二〇二一，日本歌手、演員。

④ 美國詩人朗斯頓・休斯（James Mercer Langston Hughes，一九〇二～一九六七）的詩作《七十五分錢藍調》（Six-Bits Blues）的詩句，也是歌詞。

⑤ 朝日盃フューチュリティステークス，日本中央競馬會（JRA）每年十二月在阪神競馬場舉辦的一級（GⅠ）大獎賽，由二歲馬參賽。

⑥ ハクショウ，日本著名純血馬（Thouroughbred），曾於第28屆東京優駿大賽（日本德比）、朝日盃三歲馬大獎賽奪冠。

⑦ 日本ダービー，其名稱源自英國的葉森德比（Epsom Derby），又稱為「東京優駿」。德比是各國賽馬最頂點的賽事和最高榮譽，由四歲馬競逐。日本德比通常在每年五月底、六月初舉行。

的期待。然而，牠如此奔逃，又能跑到何處呢？不過是像黑人們在那首藍調中唱的：

不知去向何處
只想從這裡
遠遠離去

頂多是這樣的願望吧？

又或者是像小說《長跑者的孤寂》[8]中的主人公般，逃跑已經成為傳統，深植人們腦海之中吧。

在歷史中幻滅之後

我強烈感受到，自己無處可逃。但這不過是在對歷史幻滅後，移情到地理上的一種浪漫主義。對「在山那頭的遠方」（Über den Bergen weit zu wandern）[9]的憧憬，也只存在於少年時代；在六〇年代，還被落語家[10]用結巴的語調，把「山那頭」說成「山那洞」，讓憧憬「山那邊」的人掉進「山那洞」裡爬不出來，炮製成笑料。

然而，一旦完全無處可去，就必須有所覺悟；這就是我從中學課本裡學到的《山椒魚》[11]思想。老師藉由井伏鱒二[12]的這篇小說，教導我們「人生總有轉變」的道理。「山椒魚從小洞口爬進洞穴，成長後身體變大，無法再從同一個洞口爬出去，也無法回復原本嬌小的身體。於是牠想：『事已至此，我也覺悟了。』改變心態回到洞裡。這種觀念轉變的方式，正是問題所在。」

自暴自棄的手槍的轉變

然而，人的態度是如何轉變的？

對於在日美安保條約抗爭中遭逢挫敗的年輕人而言，無論喬治・歐威爾[⑬]的《向加泰

---

⑧《The Loneliness of the Long Distance Runner》，英國小說家艾倫・西利托（Alan Sillitoe）在一九五九年創作的短篇小說。

⑨德國詩人卡爾・布瑟（Carl Hermann Busse，一八七二～一九一八）創作的短詩〈山的另一頭〉（Über den Bergen）的第一句。

⑩落語為起源於江戶時期的日本傳統表演藝術，以「滑稽故事」為主，因為在結局中總是有「落下」的包袱，故而稱之為「落語」。落語家即為表演落語的藝者。

⑪日本作家井伏鱒二在一九二九年創作的短編小說代表作，描寫身體長得太大而無法爬出棲息的岩洞而悲嘆的山椒魚的幽默故事。山椒魚為兩棲綱有尾目隱鰓鯢亞目（Cryptobranchoidea）動物的總稱，並非魚類。

⑫一八九八～一九九三，日本小說家，原名井伏滿壽二，筆名為愛釣（釣り好き）。《山椒魚》為其於廣島縣福山中學就讀時的處女作。

⑬George Orwell，一九〇三～一九五〇，本名艾瑞克・亞瑟・布萊爾（Eric Arthur Blair），英國左翼作家、記者和社會評論家，作品以批判極權主義著稱，代表作為《動物農莊》（Animal Farm）及《一九八四》（一九八四）。

隆尼亞致敬》[14]或是托洛茨基[15]的《我的人生》[16]，都讓人覺得越來越陳舊。自暴自棄的改變成為流行，一九六二年，少年犯罪更是創下新紀錄。

如此般從一九六〇年到一九七〇年的流變，也體現在某個少年的個人歷史。連續槍擊犯永山則夫[17]，一開始只是個想「逃走」的少年，想逃離荒涼的北國[18]、逃離「家」、逃離自己不堪的身世，也逃離日本。然而，問題出在他偷渡之後自暴自棄的改變。

由於永山嚮往美國，想成為時髦的爵士咖啡廳的侍者，又或是在登山基地營工作，卻在地理上的追尋過程中，用弄到的手槍一次次犯下殺人罪行。然而永山根本不知道，他對地理上的追求，不過是幻想。

報紙將永山稱為「槍擊魔」，但是逮捕他之後一看，所謂的「魔」，只是個相貌老實的少年。他居住公寓的鄰居對他的評價也不差，「對他的印象喔，就是經常在樓梯上彎腰擦皮鞋」。

為什麼要擦皮鞋？不用說，因為乾淨的鞋子，對要逃跑、旅行的人而言，是唯一的朋友。

我在一九六〇年寫過這樣的詩：

一棵樹也有流動的血

在樹幹裡
血站著睡

——然而沉睡的血，也會在某個時刻甦醒；接著，它會探求樹的歷史吧。如果，歷史的一切不過是場幻夢，那麼樹將別無選擇，只能讓自己成為砍樹的「斧柄」。

⑭《Homage to Catalonia》，喬治・歐威爾在參與西班牙內戰期間（一九三六年十二月至一九三七年六月）的個人經歷和觀察。原書日文之《スペイン市民戦争》（西班牙市民戰爭）為舊日文書名，現已更名為《カタロニア讃歌》（向加泰隆尼亞致敬）。

⑮ Лев Давидович Троцкий，一八七九～一九四〇，本名列夫・達維多維奇・布隆施泰恩（Лев Давидович Бронштейн），為無產階級革命家、軍事家、政治家、理論家、思想家和作家。

⑯《Моя жизнь》，為托洛茨基於一九三〇年發表的自傳。

⑰ 一九四九～一九九七，日本連續殺人犯、小說家。永山於一九六八年在東京、京都、北海道、愛知等四個縣市以手槍連續射殺四名男性，隔年被捕入獄，經過長期審判，於一九九〇年被日本最高法院判處死刑定讞，一九九七年八月一日執行。永山從被捕至處死的二十八年期間，在獄中潛心寫作，於一九八三年以小說《木橋》獲得第十九屆新日本文學獎。

⑱ 永山生於北海道。

銀幕上的殺人文化

一九六五年夏天，一個少年站在一家槍店裡，用來福槍亂射。報紙大幅報導，稱他為「來福槍狂人」，譴責「可以讓這種人存在嗎——他是野獸、還是瘋子？」但是，我認為不能輕易地責難這個叫片桐操[19]的少年。因為「如果這是發生在電影銀幕上的事件，片桐一定會獲得與史提夫・麥坤[20]同樣的回響」，沒什麼大不了。然而，片桐偏偏不在電影銀幕上，不是嗎？「你算過嗎？」我問酒保。「到現在為止，高倉健殺了幾個人？若山富三郎[21]犯罪過幾次？小林旭[22]拿來福槍掃射過多少次？」

想想看，在一整天的電視裡，有多少人被殺死——而我們早已習以為常。

「可是，電影和電視裡的故事，與現實不一樣啊。」

酒保說。

「哪裡不一樣。」

我說：「雖然不是事實，卻是真實。人們會將事實與真實混同，所以只要高倉健繼續殺人，那片桐操也會殺人；那片被稱為銀幕的界線，一下就能跨越。」問題在於殺人已經成為文化，而不在實際死亡人數。若將這點與越戰連結思考，就很清楚了吧。

我說：「中了片桐操來福槍子彈而死的警察，與其說是被殺，不如看成事故死亡來得妥當。因為那不過是發生在夏天某日的『事故』。」

「然而，是誰教會片桐操殺人的快樂？只要一天不追究將殺人變成文化的犯罪性質，只制裁片桐，應當無法觸及事件的本質吧。」我說。喜歡來福槍的少年，在自己常去看朝思暮想的來福槍的槍店裡「轉變」時起，在他的人生，虛構與現實的位置已經逆轉。一邊對著被他挾持為人質的女店員們說「怎樣？帥吧？」一邊朝著警察連續開槍的片桐，已經得到「自己的銀幕」。這不僅是對自己日常生活的造反，也是「孤單的東京戰爭」。要說是革命，未免過於稚嫩。

然而，在這裡必須注意的，就是他仍然是和永山相同「地理上尋求遭挫」的年輕人。他曾經夢想搭上航行國際航線的大型輪船，對海外旅行及越戰相關書籍很有興趣，他曾經對好友說：「想個辦法，兩個人一起逃出日本去巴西。」

⑲ 一九六五年日本「少年來福槍魔事件」（少年ライフル魔事件）的犯罪人。事件發生時年僅十八歲的片桐操與警方槍戰，最終遭到逮捕，是日本史上極少數對「犯罪時未成年」的加害人判處死刑的案例。

⑳ Steve McQueen，一九三〇～一九八〇，美國著名動作片演員、賽車手，曾於一九六五年來台取景拍攝《聖保羅炮艇》（The Sand Pebbles）。

㉑ 一九二九～一九九二，日本著名演員、歌手、電視劇導演，代表作為《帶子狼》（子連れ狼）系列。

㉒ 一九三八生，日本著名的演員、歌手。

兩人之間有過這樣的對話。

我不知道片桐操為什麼會選擇巴西，但他確實說過「在巴西可以隨心所欲開槍」。但他並非身在可以開槍打鳥的土地上，而是在沒有足夠天空讓鳥翱翔的東京，對槍砲執著的少年。他的悲哀，滲入我的內心深處。

一口咬定他是「凶惡少年」「精神異常」了事的處理方式，無疑是誤判了事件的真凶。到郊外對空開槍的少年，「你應該還不知道怎麼玩槍吧？」這般被警察嘲諷，在自尊心受損之下，不假思索地開了一槍。作為這槍的代價，他被判處死刑的罪孽。如果作為一種時代感情的反映來思考，讓人覺得過於沉重。至少，我對於他被判死刑無法苟同。

（「啊——作了一個惡夢！」）

這應該是片桐早上醒來時，心裡在想的事情。他邊揉著眼睛邊想：「好，去工作吧。」同時站起身來，突然留意到看守所的冰冷水泥地面時，才意識到自己的人生已經在一天之內完全改變了吧。

原本憧憬著「山那頭」，卻掉進「山那洞」。這種地理派少年的挫折與悲哀，就如感同身受般，不由自主浮上心頭。

把家像內褲一樣丟掉

想起自己的大學時代。一九六〇年，被我放棄的大學裡，還留著我的學籍。在我們的房間裡，現在應該還留著用預測賽馬結果的紅鉛筆，寫下的馬雅可夫斯基[23]的詩句：

止步！
人皆同顏
宛若負重
在同一道路上
此刻，時間之母產下
碩大無朋
惡報般的叛亂！

——雖然我曾對革命感興趣，但對革命後的社會不感興趣。我知道政治上的解放，終究只是「部分解放」，但每當學生們造反時，我還是想看到許多年輕人從地理派轉向歷史

㉓ Владимир Владимирович Маяковский，一八九三～一九三〇，前蘇聯著名詩人。

派。在一九六〇年到一九七〇年間，最大的新紀元，就是新形態年輕人的誕生。他們已經不認為「離家」是一種逃避行為了。

過去島崎藤村㉔等人曾經想要超越但未能成就的「家」，被年輕人如同處理穿舊了的內褲般，爽快地拋棄了，從父親的權威來看，這是無法饒恕的造反。

但是，年輕人卻創造出「家庭帝國主義」「爸爸・史達林主義」之類的新詞彙來應對，將從家族血緣中解放，視為確立自己社會生活的條件。

他們開始反抗一切權威，開始挑戰各領域的可能性。只要有一把吉他，就能逃離不斷輪迴的就職、打拚、升遷進程。「不受任何人指揮」成了他們的生活價值，沒有劇本的戲劇、沒有樂譜的音樂、沒有畫布的繪畫——逐漸將自己從形式中解放。

只看漫畫的年輕人增加，也與此脫不了關係。從捨棄形式的觀點來看，年輕人主張，藉由沒有文字的書籍——漫畫，可以學習唯物史觀，這樣的論述邏輯並非沒有道理。

當然，若說這是漂亮地找到方法，我認為絕非如此。應該說，年輕人在這十年之間反覆地受難。想在街頭演戲時，受到了各種法律的取締；想通宵跳阿哥哥㉕，一過晚上十一點立刻被禁止。因此，他們才會唱道：

我們已經死了
我們已經死了

雖然這麼唱著，但只要找到一點機會，他們就會加入民謠[26]樂團，或是參加已經註冊商標的反代代木派全學聯[27]的分部。追尋「表現」的方式，別無他法。

無家可歸孩子們呼喊的革命

留長髮的年輕人為什麼不去理髮店，理由很簡單。因為，那是他們身上唯一的自然。
如果對著天空中的鳥問：

㉔ 一八七二～一九四三，日本詩人、小說家，為日本自然主義文學代表作家，代表作為歷史小說《破曉前》（夜明け前）。

㉕ 一種舞蹈，為英語a-go-go的音譯，一九六五年在美國興起，原指播放唱片，客人可隨音樂跳舞的小型夜總會，之後用來稱呼由此發展出的舞蹈。

㉖ Folk Song，原指民謠、民俗音樂及從民謠衍生的流行音樂，後擴張至反戰及抗爭歌曲範疇。

㉗ 反代代木派全國學生聯合會。代代木派是一九六〇年代到一九七〇年代的日本政治派別，主要是指日本共產黨與其執行部。「反代代木派」則是指對代代木派反動的日本新左派。

「為什麼你們不記住樂譜？」

毫無疑問所有人都會笑你，但是，那些同樣決心反抗現今「殺人文明」的年輕人們認為，對文明的抗議，是讓自己更加接近自然的原因。

他們不認同「既有的社會」，而對「自己創造的社會」益發浪漫。簡而言之，這是「無家可歸的孩子們的革命」，是自治團體的創造。歐洲的年輕人已經離家，開始過以年輕人為主的「群居生活」。現在已經是各地常見的現象。

大麻、哈希什[28]、迷幻藥等毒品，似乎也成為他們為了革命而使用的工具。我在阿姆斯特丹認識的一個叫阿信的日本人嬉皮說：

「有很長一段時間，我都理性地做壞事。反正，我好壞事都做，都照自己的理性判斷發出的指令行動。所以，偶爾會想讓自己從理性中解放，讓自己變得自由。為此，不得不使用毒品，實在有點丟臉——但過一陣子我應該不需要再靠毒品了吧。

到時候，作為集體幻想的『家』或是『社會』什麼的，可能就會被構想出來不是嗎？」

雖然我知道阿信沒有受到一夫一妻制的傳統習俗禁錮，但這是他身為外國人才能得到的地理上的自由，對此我覺得不滿。「這樣啦，如果你回到東京也能這樣過日子，我們應該可以更親近一點吧。」我這麼告訴他。

裸體也是一種造反

以政治解放為目的，異議學生們一個個打倒「大學的權威」。在畢業典禮的講台上，造反的高中生高聲朗讀對於自己所受的虛偽學校教育感到憤怒的畢業答詞，包含親手製作革命武器的女高中生，歷史正逐漸撤除與虛構之間的界線，不知不覺中主角（過去是父親，現在是兒子）與配角（過去是兒子，現在是父親）的立場逆轉。

每期週刊雜誌的寫真頁面上，都印著數個女大學生或青少女的全裸照片，這也是對傳統道德的造反。男妓也漸漸復甦。

我的「天井棧敷」[29]每月會辦一次劇團面試，來面試的人中，總會有三、四個「女裝」打扮，或明顯讓人覺得是同性戀的男性。

㉘ Hashish，是大麻的樹脂，比未篩分的大麻芽或葉的濃度要高。

㉙ 一九六七年由寺山修司領導成立的日本先鋒派演劇實驗劇團，從一九六〇年代後半到一九七〇年代中期，掀起日本小劇場的高潮。

「魔鏡啊……魔鏡！

誰是這個世界上最漂亮的人？」

浸泡在浴缸裡的全裸男妓問道。鏡子回答：

「是瑪麗小姐您呀。」

（瑪麗似乎很開心。）

「眞的嗎？

白雪公主還沒出生吧？」

（說著，一條腿咻地從浴缸伸出來，那是腿毛又濃又密、丟人現眼的男人腿。）

怎麼又長出來了？眞是的！看來脫毛膏也靠不住啊。（摘自《長毛瑪麗》[30]）

對一切既成概念的造反，終於到達對「國家」概念的懷疑。過去，無政府主義者們只能躲在暗沉潮濕的舊書店深處，進行著蒼鬱的對話，現在已經能在早餐桌上邊聽莫札特邊談。經過一九六〇年到一九七〇年的漫長準備期間，人們開始摸索「自己真正想要的是什麼？」一九七〇年代，或許在地理的歷史之中，虛構會包藏到現實之內，價值觀逐漸重新塑造吧。

經過十七歲少年山口二矢[31]、小森一孝[32]的歷史主義（政治恐怖攻擊），片桐操及永山則夫的地理主義挫折（來福槍、手槍犯罪）如何改變一九七〇年代的少年犯罪，我對觀察此一過程頗感興趣。

因為，這個時代的少年犯罪，恰恰反映了這個時代的國家犯罪。

明天也要「再見」

藉由將「再見的總結」加以總結，我的一九六〇年代就此告終。我思考的是，想透過告別總結，如自由爵士樂[33]般，得到自由的時代。如同已經開演的戲劇，在創作者死前不會落幕，「再見」也會重來再重來，不斷被反覆下去。我不想把再見當成人生的全部，但

㉚《毛皮のマリー》，寺山修司創作的舞台劇，一九六七年由日本名歌星、演員、聲優美輪明宏（一九三五年生，當時叫丸山明宏）擔綱首演。

㉛一九四三～一九六〇，日本學生運動家及極右派政治人物，日本右翼團體大日本愛國黨成員，因刺殺日本社會黨黨魁淺沼稻次郎被捕入獄，在獄中自殺身亡時年僅十七歲。

㉜一九四三～一九七一，日本學生運動家、政治人物、恐怖分子。反共主義日本右翼團體成員，涉嫌殺害中央公論社社長嶋中鵬二的妻子嶋中雅子及傭人丸山氏被判刑入獄，一九七一年死於獄中。

㉝Free Jazz，爵士樂的一種，最早見於一九五〇年代至一九六〇年代，被認為是前衛運動的一部分，試圖探索爵士樂的本質與根源，並強調集體的即興演奏。

也不想只與再見告別——這不正是不斷革命論[34]的法則嗎？

那首老歌〈青色山脈〉[35]中不是這樣唱的嗎：

舊上衣啊

再見了

現在已經是可以將歌詞裡的「舊上衣」替換成任何詞彙的時代。舊上衣知識分子、不振的日本、派閥主義、傳統、越戰、大學、對我們毫無幫助而即將消逝的言語、不會發生的革命、佐良直美的〈幸福就好〉[36]、將要歸還的沖繩[37]、一九六九年的大選[38]！

㉞ Permanent Revolution，起源於馬克思所著《一八四八年至一八五〇年的法蘭西階級鬥爭》（The Class Struggles in France, 一八四八－一八五〇）的主張，由托洛茨基在《不斷革命論》（The Permanent Revolution and Results and Prospects）中加以完善，主要內涵為不能容忍任何形式的階級統治，不能停留在民主階段，必須轉而採取社會主義的措施，並進行反對外部反動勢力的戰爭；意味著革命的每一個階段環環相扣，只有在階級社會完全消亡時才會結束。

㉟〈青い山脈〉，一九四九年發表，由西條八十作詞、服部良一作曲，為日本小說家石坂洋次郎原作改編電影《青色山脈》（青い山脈）的主題曲。

㊱〈いいじゃないの幸せならば〉，一九六九年發表，由日本歌手、演員、作曲家佐良直美演唱的歌曲。

㊲「沖繩歸還」（沖繩返還）意指二次戰後即由美國管領的日本沖繩縣，自一九六〇年起推動歸還日本運動，經日美兩國協議於一九七二年回歸日本政府管轄。本書成書於一九六七年，因此文中為「將要歸還」。

㊳在一九六九年十二月二十七日舉行的第三十二屆日本眾議院議員總選舉。

貳─你也能當黑道

後街紳士錄(1)　柏青哥①

遊蕩拇指

柏青哥店裡，花個三十分鐘左右享受神遊之樂、無精打采的上班族們，是如何看待這些「遊蕩拇指」呢？就像水前寺清子唱的〈推不動的話就拉拉看〉②般，不過就是在小小機台裡的機率世界中，試著賭上自己不在場證明，受命運擺布的勞動者。

遊蕩拇指。

就是靠著一根大拇指，四處晃蕩的人。

我認識幾個這樣的人。

他們早上先到藥妝店裡，一邊讀著體育報，一邊靠著苦澀的咖啡打發時間。上午十點，街上的柏青哥店門一開，他們就朝著各自的目標散去。

李源國也是其中一位。

他戴著在舊貨店買的舊帽子，在車站公共廁所的洗面台刮掉鬍子，打扮整齊，目光銳利。在緊握的掌心裡，轉動著兩顆核桃。

「你在幹嘛？」

我一問，他笑說是在「訓練手指」。

「棒球選手必須訓練全身，我只要訓練手指就夠了。」如此這般。

李先生進到柏青哥店裡，不會馬上買小鋼珠。因為就算買了小鋼珠，沒有「好機台」的話，小鋼珠就無用武之地。

因此，一開始要先看機台。要是找到覺得「有機會」的機台，再買小鋼珠來打。他只買一百日圓的小鋼珠。為什麼要為一百日圓的輸贏，而這麼慎重選擇機台，是因為他「靠這個過活」。

在〈明治賭博史〉（紀田順一郎著）[③]內文中，介紹了一則刊登在明治二十五年（一

---

① パチンコ，起源於二十世紀初日本名古屋，具賭博性質的打彈珠機台，在台灣取日語諧音稱為柏青哥。

② 〈おしてもだめならひいてみな〉，水前寺清子一九六七年發表的演歌單曲。

③ 出自紀田順一郎（一九三五年生，日本評論家、翻譯家、小說家）一九六六年所著《日本的賭博》（日本のギャンブル）內文〈第三章　明治賭博史〉。

八九二年〉《郵便報知新聞》[4]上的廣告：

「獎勵賭博演講會

為使沉睡社會覺醒，擴大財產融通，賦予社會活力，挽救不景氣，同時認知刑法賭博相關規定不合理處，擴大開展賭博，振興博彩，將向第四議會請願提議廢止賭博相關規定，擬於十一月十日正午在東京神田錦輝館召開大會。」

刊登這則廣告的人叫宮地茂平[5]，在民權運動興盛時期，曾向日本政府提出過脫離政府統治請願書。

廣告中引起我注意的，是主張賭博是為了「讓沉睡的社會覺醒」的思考。跟李先生談過之後，我也清楚柏青哥賭博並不只是單純的賭戲。他正是為了「喚醒」自己，才選擇了這條道路。

李先生的柏青哥打法，簡單說，就是「瞄準頭打」。因此，他看機台時，會先觀察機台最上方的釘子之間的間距。

「頭部緊閉的機台行不通。」他說。

如果機台頭部的釘子間距有拉開，接下來重點就是左側。因為從機台右半部掉落的小鋼珠叫做「死珠」，毫無指望。

「如果向右傾斜，就完蛋了。」

這番話，聽起來很像北韓出身的李先生會講的話，但是對他而言，不論是左派還是右派的思想，都已經沒有意義。

「唉，說起來，我已經『失去祖國』了哩。」他笑說。

「不管在哪裡生活，我們都沒有安定感。就這樣整天悠悠哉哉晃蕩，一轉眼就四十二歲了。」

看著李先生那根特別粗的大拇指，我不由得拍拍他的肩膀：

「欸，不要這樣講，去喝一杯吧！」

④ 一八七二年創刊的日本報紙，明治末至大正初期被稱為「東京五大新聞之一」，一九四二年併入讀賣新聞，二戰後轉型成體育專門報紙《Sport 報知》（スポーツ報知）。

⑤ 一八六〇～一九一八，日本明治時代的自由權運動家，曾因提出「脫離日本政府統治請願書」（日本政府脫管屆）而被判拘役一百天。

突然想跟他一起喝酒。

「彈簧太軟的機台，釘子的間距再大也不行。這時候就要把火柴棒用玻璃板夾住，用橡皮筋拉緊。用這種方法調整彈簧。」

解釋這種技術給我聽的，是另一名綽號「阿兵哥」的遊蕩拇指。「阿兵哥」原本只是個傷兵，「發現柏青哥這行能靠手吃飯的工作後，已經重生。」他還兼差當「釘師」⑥，在同儕間也算是有賺到錢。

柏青哥店關門時會叫他來，要他把停機的機台上的釘子稍微弄彎，讓小鋼珠的通道變窄。鋼珠經常進洞的機台，通常都會有一條容易進洞的通道，只要稍微對通道做點妨礙，基本上就不會進洞。

之後，就能向這家柏青哥店收「修理費」，再拿這筆錢當本，到另一家柏青哥店賺錢。

狀況好的時候，「買一百日圓的小鋼珠，能賺到七、八千顆。目前為止的最高紀錄是賺一萬四千顆。」

他們的敵人是「炸彈」。

這是指為了改變機台傾斜的角度，在機台後方用繩子吊著的石頭。一旦機台受到這種干擾向後翹，釘子的間距拉得再大，小鋼珠也不會進洞。

李先生告訴我：「而且，最近的『炸彈』也變得更科學，已經開始用電動開關調節傾斜度，我們的手指也越來越不管用嘍。」

我不不不不眷戀逃走的老婆
只因想喝奶的這孩子實在可愛⑦

一節太郎⑧無病呻吟般的唱片，從音響喇叭中流瀉而出。

對自己的勤勉踏實感到嫌惡的上班族們，雙腿微張，右肩沉墜，鏘啦啦、鏘啦啦啦地打發著三十分鐘左右的時間。

⑥ 負責調校柏青哥機台盤面釘子的師傅。
⑦ 一節太郎在一九六三年發表的歌曲〈浪曲搖籃曲〉（浪曲子守唄）的歌詞。
⑧ 一九四一年生，日本歌手。

小鋼珠從機台頭部進洞，被比喻為出人頭地；但瞄準那裡打出的小鋼珠，卻繞到意想不到的路線，向下墜落。

這種快意的墜落，在真實人生中絕對得不到。

「一進柏青哥店，我就瞬間放鬆，也就是有解放感。會感受到彷彿我已非我的快感，忘我地投入其中。有時突然發現，不知何時，帶著菜籃的老婆也坐在旁邊機台前，也在『忘我』地玩著柏青哥。」一個上班族說出他的心聲。

對上班族的各位而言，花一百日圓嘗試五十次的中獎機率，較諸「歷史的神聖一次性」，遠遠來得安全可靠。就這個意義而言，柏青哥或許不是讓小市民「覺醒」，而是誘導他們「沉睡」。然而對手是機器而不是人，因此有著極端的獨白性、自慰性，甚至反社會性。

心情好的客人，是不會去柏青哥店的。

昨天彩券中獎的人、職位高升的人、剛開始戀愛的人，都不會來店裡。會來的，多半是略顯疲態、精神不振的上班族。

「這可以說是一種類似於信仰的東西。」後街裡一家柏青哥的店主加治先生這麼表示。

「柏青哥不好玩的缺點，是鋼珠太小了。」

我說。

「鋼珠太小就不夠男子氣概，沒辦法從這種東西上感受到理想。」

聽我這麼說，李先生笑道：「可是，我們都是連發的喲。」

「總是同時讓七、八顆小鋼珠在機台上跑哩。

這樣滿有男子氣概的呢。」

外面開始下雨。

雨天，是遊蕩拇指們賺錢的日子，不知為何有「雨天比較容易進洞」的好運。有一種說法是，可能是因為三夾板不耐雨天，機台會因濕氣變得遲鈍，釘子的反彈力也會減弱。但是，我不知道這種說法的真偽。「比較容易進洞的日子」，也是「鋼珠小偷」或「鋼珠撿手」賺錢的機會。

貧窮的父親，會讓孩子進店裡撿小鋼珠，收集起來換一包「新生」牌香菸。

這種父親也可以說是柏青哥產業衍生出的新型弱勢人種吧。

還有一種「釣珠人」。事先帶來稍大的小鋼珠，將它們打到機台上命釘⑨的兩側，讓

⑨ 針對柏青哥機台中獎洞口設置的障礙釘。

鋼珠夾在釘與釘之間，像葡萄一樣累積成一道牆，之後的小鋼珠就會紛紛自動進洞。此外，還有出租磁鐵的「出租人」；用租來的磁鐵將小鋼珠誘導進洞的「磁石師」；把食物殘渣丟進機台餵蟑螂，讓機台沒人要打的「蟑螂專攻」；專門偷竊付款卡的「卡人」……等騙徒都在。

但是，也有完全沒進洞，錢就被吸光光的案例。李先生曾問我：「聽說你會寫詩？」

「我只知道一首詩喔。

那就是

墳場是最便宜的

寄宿處

這是黑人寫的詩吔。」

說完，他笑了。

「我覺得啊，第三便宜的寄宿處應該就是柏青哥店吧？」

後街紳士錄(2)　土耳其浴①

新宿的勞倫斯

個人房有很多種。墳墓是個人房，單身公寓也是個人房。

然而，說到素昧平生的兩人共處一室的個人房，只有土耳其浴室了。

霧氣氤氳的土耳其浴個人房。

造訪那裡的男人，以及等著他的陌生女人，或許會令人想到，這是在人與人疏離的大城市中，亞當與夏娃唯一的邂逅吧？

說到勞倫斯，不是只有《阿拉伯的勞倫斯》②。鬧區裡都有土耳其浴室，因此不僅有

① ハマム／Hamam，是發源自土耳其地區的一種洗浴方式，主要在公共浴場進行，是蒸氣浴的一種；但本書中為日本過去的性產業用語，意指在個人房中有女侍陪浴並發生性行為的性交易業種，經一九八四年在日土耳其留學生抗議後，改稱為「香皂樂園／Soap Land」（ソープランド）。

② 《Lawrence of Arabia》，一九六二年美國電影，改編自一次大戰英國戰爭英雄湯瑪斯・愛德華・勞倫斯上校（Thomas Edward Lawrence，一八八八～一九三五）的自傳《智慧的七柱》（Seven Pilars of Wisdom），由英國導演大衛・連（David Lean，一九〇八～一九九一）執導，隔年獲得包括最佳影片與最佳導演在內的七座奧斯卡金像獎。

「池袋的勞倫斯」，也有「澀谷的勞倫斯」吧。

他們各自出陣，前往討伐土耳其，會在浴室入口停步，確認四下無人後，再一鼓作氣攻進去。

我雖然說不上是「新宿的勞倫斯」，但也有幾位「土耳其小姐」朋友。

關在新宿歌舞伎町[③]飯店裡寫敘事詩的那段時間，每次去藥妝店喝杯早餐咖啡時，她們一定在那裡等著我。

由於是同鄉，她們會請我代寫要給鄉下故鄉的信，我就代替她們寫下近況報告。有信是給母親的，也有給男朋友的。

我照著她們說的寫完交稿後，她們會露出微微不滿的表情說：

「再多寫一點嘛！」

「妳們講的我都寫了吔。」

我的眼光掃過這些肉體豐滿，讓人想推薦她們上《明星臉秀》[④]模仿春川真澄[⑤]的女性們，這麼答道。

「可是你是詩人吧？

不能在結尾加一些類似詩的東西嗎？」她們說。

「跟人家借錢的要求不會變成詩吧？」我呵呵笑著取笑對方。

「寫什麼都可以啦，直接寫有名的詩也行啊。只要加上詩，信不就像樣多了嗎？」

因此，就從借錢的要求到問候病人的信，都加上了毫無相關的詩句：

花發多風雨
人生足別離⑥

打開門一進去，親切的土耳其小姐就會像新婚嬌妻般溫柔，為你脫下西裝外套掛到衣架上。

「外面已經變冷了吧？」

我靜靜地點了點頭。

---

③日本東京都新宿區的町名，為餐飲店、娛樂場所、電影院等集中地，也是日本少數的大型紅燈區之一。

④そっくりショー，一九六四年至一九七七年間，公開徵求長相與名人相似的觀眾，在節目中比賽相似度的日本電視節目。

⑤春川ますみ，一九三五年生，日本演員。

⑥出自唐代詩人于武陵（于鄴，字武陵，生卒年不詳）的五言絕句〈勸酒〉。

屋外確實已經吹著十一月的寒風。一開始，她們一定會問：「您第一次來這家店嗎？」然後會問：「要洗蒸氣浴嗎？」從這句問話來看，來土耳其浴室卻不洗蒸氣浴的，大有人在。

有著如母親般豐滿肉體的土耳其小姐，將我關進木箱，讓我像魔術表演中「會說話的頭」一般，只露出一個頭來。接著土耳其小姐拿來一份體育報，在我的臉前面攤開。我這顆頭呢，氣嘟嘟地嘖了一聲：

「混帳，巨人隊又贏了！」

額頭開始流下汗水。

突然間，土耳其小姐注意到我的腔調，問道：

「您是東北人嗎？」

我被汗水和蒸氣搞得一臉悲苦樣，回答：「對啊，東北沒錯，我是青森人。」

我這麼一講，土耳其小姐整個人跳起來：「好巧喔！我也是青森人吔！」

說著，她拿毛巾幫我擦汗，瞬間純熟地切換成青森腔。在這間將我與大都會的紛擾隔絕的小密室中，互相用青森腔交談，強烈地感受到她「去死啦東京」的咬牙切齒。這與其說是「對東京的反抗」，毋寧更讓人感受到，由於身處於失去人與人之間真正對話的大都會現代生活中，想藉著盡情說方言來自我認同吧。

突然，有一隻蟑螂爬到蒸氣浴箱子上！

牠朝向我動彈不得的頭，緩緩爬行。可是，我該怎麼辦？

「救命啊！」我叫出來。

在我的慘叫、如瀑布般流瀉的蒸氣，以及土耳其小姐的狂笑之間，只有裸體的我和穿著泳裝的土耳其小姐，而沒有巴爾札克[⑦]《風流滑稽談》[⑧]裡的洗鍊優雅。

那是最純樸的感覺——彷彿鋪著瓷磚的兩坪田園。

黑道男人和土耳其小姐，都是熱衷家長會活動的媽媽們的「眼中釘」。

看來，黑道和土耳其小姐都經常被推到敗德的下風處。然而，黑道（也包括許多黑道從事的廟會攤販、匠人、小攤商這些職業）和土耳其小姐之間，有著很大的差別。

這是因為，與隸屬於某些集團的黑道相較，土耳其小姐總是孤身一人。在岩井弘融[⑨]

---

⑦ Honoré de Balzac，一七九九～一八五〇，法國十九世紀著名作家，法國現實主義文學的代表。

⑧《Les Contes Drolatiques》，巴爾札克於一八三二～一八三七年間寫成的短篇情色幽默小說。

⑨ 一九一九～二〇一三，日本社會學家、東洋大學名譽教授，犯罪社會學、社會病理學專攻。

的《幫主幫眾集團研究》[10]大作中，關於黑道的章節寫著：

「我本來就是不良分子，經常跟人打架，晚上走路也緊張兮兮。因為聽說參加賭博或加入幫派，一旦有事時會有人幫我報仇，死了也有人收屍，所以我就加入了。」

介紹了以上某幫眾加入黑道的告白，黑道確實不會單打獨鬥，他們終究還是組織成員（organization man）。然而那些土耳其小姐卻一直孤軍奮戰。

她們是沒有店面，帶著橄欖油瓶四處漂泊的按摩師，總是「不被保護」的女人們。

男人如果去過幾次土耳其浴室，應該都聽過土耳其小姐講述「女人的一生」吧。

「嘖！又是女人的一生！」

有些男人會唾棄這種話題，（興致全消地）掉頭就走；也有些人會因而產生同情，約定好要幫助她們，卻再也沒有絲毫音訊。

儘管如此，她們恍如西田佐知子[11]的歌曲中所唱的：

反正你要騙我的話

就騙我到死爲止[12]

一邊這麼想著，一邊繼續等候「可以說說話的客人」再度光臨。在她們擺放毛巾和香皂的洗臉盆裡，不少人會同時放著《討人喜歡的方法》之類的書。跟客人稍微混熟之後，有些人也會讓客人看自己的存摺，或是夾在車票夾裡的母親照片。

她們把來到個人房的男人，想成字面原意的「客官」。

因此，當土耳其小姐們聚會時，會誇耀自己的客人，還會把客人輕佻的玩笑話當真，和同儕分享。

「妳喜歡什麼樣的客人？」

問到這個，她們會立刻回答：「第一，是能跟我講話人；其次，是給我很多錢的人。」然而，這不也正表露出她們是「內心孤獨的獵人」嗎？

新宿的勞倫斯們群聚。

「最近的土耳其小姐變得很糟糕吔。」有人說。

⑩《病理集団の構造——親分乾分集団研究》，一九六三年發表。

⑪一九三九年生，日本歌手。

⑫一九六四年西田佐知子發表的單曲〈東京藍調〉（東京ブルース）。

「一邊按摩一邊看著旁邊，嘴裡還哼著巴布佐竹[13]的歌之類的。」

說完，另一個勞倫斯也很不滿地說：「哼哼歌還算是好的咧！」

「我碰到的那個更過分。她打開電視機，自己一邊看著連續劇，一邊只有手在動，什麼氣氛都沒有！」

然而，我覺得他們對土耳其浴室的看法是錯的。在這種散亂的都市生活中，能夠一對一在「只有兩個人的房間」裡共處，不正是最能彰顯人性的時刻嗎？

同時，這種素昧平生的裸男和半裸女邂逅的新鮮感，不就是重回溝通的路徑嗎？

將這種被選擇的邂逅與「開天闢地」連結，或許稍嫌誇張；但至少新宿歌舞伎町的亞當與夏娃之類的驚奇，還是有存在的價值。如果上班族不將土耳其浴室認為是自己「排泄」的地方，太太們也不要抨擊為傷風敗俗——將土耳其小姐們當人看待，把土耳其浴室看成伊甸園，我很想要這樣的遐想。

然後，對那些或許很不幸的土耳其小姐，這才是最好的體貼。

---

⑬ バーブ佐竹，一九三五～二〇〇三，日本歌手、作曲家。

後街紳士錄(3)　陪酒小姐

日本夢

想聽〈軍艦進行曲〉[①]的話，最好去歌廳。那裡隨時高聲流瀉著「美好昔日」的日本夢。

血肉沸騰的日本夢。帝國海軍萬歲！然而〈軍艦進行曲〉已經變成日本人陳腐的夢想，感覺像在喝一杯混著眼淚的廉價威士忌。

對於現代人而言，日本夢究竟是什麼？

在我少年時代，母親一直在做特種生意。因為父親死後，她一個女人為了養育我，別無他法。

母親在九州的煤礦小鎮工作，每個月會寄一次生活費和一封長信給我。

---

① 一九〇〇年日本海軍軍樂師瀨戶口藤吉作曲、博物學者鳥山啟作詞的海軍軍歌進行曲。

中學時的我，對於分隔兩地的母親，抱持著複雜的愛恨交織，從來沒有寫信纏著她買東西給我。

「如果想要什麼，都可以寫信告訴我。」母親的這些信，我根本不拆就直接丟進書桌的抽屜。但有一次，我想要一支口琴，就寫了明信片寄給她。

新學期剛開學，也需要新書包。

然後過沒多久，母親就寄來書包和口琴。

「我先買了書包，再買了口琴。

把口琴放進空書包搖一搖，就發出喀啦喀啦的聲音，聽著突然覺得揪心。」她在信中寫著。

我腦海浮現夕陽餘暉下的煤礦小鎮。殘破的霓虹燈，狹小的酒吧，頹廢的醉客唱著〈煤礦小調〉②，在這些景物之間，浮現母親的面容，臉上化著不相配的濃妝。我看著她寄來的口琴，不知不覺眼中含滿淚水。

但是，我根本沒吹那支口琴。那支被我遺忘在書桌抽屜裡的便宜口琴，不到一年就生鏽了。

之後沒多久，木下惠介③執導的《日本的悲劇》④上映。劇中從事特種行業的母親，一直「為了孩子」寄送生活費，但孩子始終無法親近母親，心也越離越遠。

雖然明白這是為謀生而萬不得已，但孩子還是對當女陪侍的母親多所怪責，最終母親（因為害怕被孩子拋棄）臥軌自殺。電影描繪的悲劇背後，是「母親被迫做特種行業維生的生活苦楚」，也就是說，追究戰爭「導致身為家庭支柱的父親喪生」責任的態度，也獲得極高評價，被表彰為年度優秀作品。

然而，我不認為《日本的悲劇》是反戰電影，反而覺得這是一部反歷史的母子通俗劇⑤。當母親與孩子將相同的不幸作為共同體的連結時，母親一個人到紅燈區打工，孩子則被留在家裡。

對在家的孩子而言，母親的「工作」轉變成不守貞潔行為。母親有得以投身的社會，孩子卻沒得到參與機會，因此忿忿不平。這道鴻溝並不容易填補。

---

②〈炭鉱節〉，流傳在日本九州福岡縣的民謠，原為煤礦礦工唱的小曲。
③一九一二～一九九八，日本電影導演、劇作家。
④《日本の悲劇》，一九五三年的日本電影。
⑤Melodrama，也稱情節劇，指注重情節超過了對人物本身塑造的影視戲劇、文學作品。

《日本的悲劇》的悲劇性，始於完全無法實現的夢想破滅之際。完全無法實現的夢想，就是我母親經常掛在嘴上的「一家和樂的幸福」。當一家支柱的父親死去，孩子長大離家追尋「名為戀人的外人」時，母親念茲在茲的「一家和樂的幸福」又是什麼呢？

那是女陪侍們唱過的流行老歌。恍如穿過地域縫隙的風聲般，黑膠唱片留聲機的唱針咻咻作響：

無論颱風還是下雨　都哭泣過日
我是人世間的候鳥
不要哭啊　不要哭啊
一旦哭了　就不能任意翱翔⑥

唱出這樣的歌詞。

夢想安居一處，卻不知為何仍要「任意翱翔」的母親們。在這點上的二律背反⑦，才是日本的悲劇的起因。

「沒錢也沒關係啊。」中學時的我這麼說。

「妳可以當學校的工友或煮飯的阿桑，就算是窮，能夠一起過日子比較好吧？」聽我說完，母親笑道：「人世間，錢就是一切。」

「到你能安心升學為止，不存點錢不行啊。」

如果這種儲蓄的思想，是同年代母親們的夢想（也就是日本夢），則打算脫離志在未來的母親和家庭、自力更生的孩子們，他們志在當下的想法也是一種日本夢。因此，望月優子女士[8]，您在《日本的悲劇》中，不是被自己的孩子拋棄，而是因為落入兩種日本夢相互齟齬的斷層致死。

正在轉化成次等美國[9]的日本現狀，正如同透過處於美國南方文藝復興時期[10]的馬

⑥ 一九三三年日本電影《涙的候鳥》（涙の渡り鳥）的同名主題曲歌詞。

⑦ Antinomy，哲學概念之一，意指對同一對象或問題所形成的兩種理論或學說，雖然各自成立，卻相互矛盾的現象，又譯作二律背馳、相互衝突或自相矛盾。

⑧ 一九一七～一九七七，日本的演員、政治人物，在《日本的悲劇》一片中飾演女主角井上春子。

⑨ 原文為「Minor America」，意指日本漸漸轉變成次一等的美國。

⑩ The Southern Renaissance，一九二〇至一九三〇年代之間的美國南方文學流派（Southern Literature）的再度復興。

克・吐溫[11]小說主人公所詮釋那般。

也就是說，這是母親們對於理想中湯姆・索亞[12]型人格成長後所建立的小市民式家庭的期待；以及孩子們對夢想中哈克貝利・芬[13]型人格的憧憬。

在現代，環繞著我們的湯姆・索亞型的和平，看起來大致已經達成。這是以電冰箱為中心夢想的和平，還有恍如電視播放的家庭劇，以及洗衣機和週刊雜誌。同時，靠著「喝茶和同情」就能搞定的與人交際法則，也明顯有著相同變化。

戰爭結束後，母親們的惡戰苦鬥，已經獲得相當程度的成果。

（然而——這種母親型的日本夢裡，有個大洞。是個不知如何填補，無法言喻的寂寥大洞。）

丈夫們窩在國宅裡的被窩中，邊聽著妻子睡著的氣息邊想：

「我心裡的哈克貝利・芬跑哪去了？

我少年時代夢想的放浪與冒險的慾望，跑哪去了？」

夜總會、酒吧是家庭劇中的反派角色。那裡是無法實現的另一個日本夢的休憩場所。

穿著西裝，不喝酒就無法「自由」的哈克貝利・芬們，為了追尋自己失去的某些事物，而推開酒吧的門。

裡面充滿音樂。財務部的哈克貝利・芬正把手伸進陪酒小姐的裙子裡。老了的哈克貝利・芬一喝醉就倒頭呼呼大睡。中年政治家哈克貝利・芬正滿頭大汗地跳著猴子舞⑭……不管是哪一個哈克貝利・芬，只有在充滿醉意及喧囂的夜總會和酒吧裡，才能想起在現實生活中早已經放棄的生存意義。

「哦，讚喔！這不是〈軍艦進行曲〉嗎？」

老上班族們站了起來。夜總會的樂隊開始演奏「美好昔日」的日本夢：

攻守兼備　鋼鐵一般

啦啦啦啦　啦啦啦啦　啦啦啦噠噠

在那裡揮舞著拳頭的老上班族，之前連邊喝酒邊看錶都辦不到。然而，現在如此陶醉

---

⑪ Mark Twain，一八三五～一九一〇，美國近代最重要小說家之一。

⑫ Tom Sawyer，一八七六年馬克・吐溫發表的小說《湯姆歷險記》（The Adventures of Tom Sawyer）的主角。

⑬ Huckleberry Finn，《湯姆歷險記》中湯姆的好友，也是馬克・吐溫另一本著作《頑童歷險記》（Adventures of Huckleberry Finn）的主角。

⑭ Monkey Dance，一九六〇年代在世界流行，如猴子般雙手上下擺動的舞步。

地夢想著「自由」，時間一到，陪酒小姐們就立刻撤退，把收據遞到他們的鼻尖，這是將他們從夢中叫醒的機關。當走出夜總會，進入昏暗的後街，避人眼目小便時，會稍稍理解一丁點哈克貝利・芬的心境，如此而已，而他們的日本夢也將無法修復。

在黑暗的太平洋上，獨自一人航海的少年堀江謙一，隨身收音機中流瀉出村田英雄⑮的歌聲：

在吹氣就會飛走的將棋上
我在棋子上賭命　你想笑就笑吧⑯

據聞他聽了這首歌，不覺潸然淚下。堀江謙一也是將自己的日本夢，賭在被風一吹就會翻船的帆船上。

然而，到底有沒有什麼值得我們賭命的事物呢？

---

⑮ 一九二九～二〇〇二，日本代表性演歌歌手、演員。
⑯ 村田英雄在一九六一年發表的演歌〈王將〉（王将）的歌詞。本曲唱片銷量超過一百五十萬張，為其生涯代表作。

後街紳士錄(4)　脫衣舞孃

只有在肉體的時候

在尤利西斯①的時代，只要有一副好肉體，就能成為英雄。

然而到了現代，肉體強壯的人似乎只能從事體力勞動或進自衛隊。

再者，君臨天下的是肉體孱弱但頭腦發達的知識階級。在病態的睿智中，啊呀，強壯肉體的夢想在何方？

首先，來介紹一個無名的脫衣舞孃。

她才當了幾個月的菜鳥脫衣舞孃。雖然乳房又美又大，臉上還透著天真。

她是東北地方出身。

---

① Ulixes，即為奧德修斯（Ὀδυσσεύς），傳說中希臘西部伊薩卡島之王，曾參加特洛伊戰爭，在戰爭時以木馬詭計攻下特洛伊，這段故事載於史詩《奧德賽》（Ὀδύσσεια）。

旅途的火車車掌
縱使是偶然
願是我中學同窗②

她出生在一個會讓人憶起啄木③這首短歌④的小村莊。小學時認真上學，但升上中學後開始走偏，不但讀到一半退學，還胡鬧地吃了安眠藥。不知何時，她被人叫「太妹」，自己也覺得：

「現在的我，不是真正的我。」

她遭到保護管束，在入獄期間，認識了路易斯安娜・瑪麗。路易斯安娜・瑪麗是個還沒二十歲的青少女脫衣舞孃，從東京一路工作到這裡，因為讓保守的東北人「全部看光」而遭到逮捕。

就這樣，鄉下的太妹和東京的脫衣舞孃之間孕生了友情，兩人用著無望的語氣閒談人生。

「就算生在鄉下，男生還是可以當拳擊手或歌手……也可能成為棒球選手吧。女人的話就算了。」

她說。

「女人喔，難啦！」

聽她這麼一說，瑪麗安慰她：

「啊妳身上不是有好貨嗎？」

「好貨？」

「妳看妳看，就是妳的奶子呀！」（用手指）

「身材這麼棒，光靠它就能在東京混下去哩。」

瑪麗說道。

她仔細端詳著自己的身體。過去一直認為，只有古時候才能光靠著優秀的身體就可以過活；現在擁有出色肉體的人，都是體力勞動者，只能為腦筋好的人所用。

---

② 日本詩人石川啄木一九一〇年發表的短歌集《一握之沙》（一握の砂）裡的短歌詩句。

③ 石川啄木，一八八六～一九一二，日本歌人、詩人、小說家。

④ 和歌的一種形式，五・七・五・七・七的五句體歌體。

現在已經是戴眼鏡的小男人，靠一張嘴使喚像泰山般的猛男的時代。

但是，要是瑪麗所言為真，搞不好去東京真的混得下去。

想到這裡，她忙不迭說：「我覺得好開心喔！」

伊夫・羅伯特⑤執導的電影《鈕扣戰爭》中，有一群男孩。

要玩打仗遊戲時，一個男孩問大家：

「到底誰要當隊長？」

話一說完，另一個壯碩的男孩回答：

「雞雞最大的人當隊長啊！」

看到這裡，觀眾開懷大笑，在笑聲深處，令人感到蘊含著觀眾的欣羨之情。樸實而最有人性的「健康時代」，不知何時已經被病態的睿智取代。

接著，從看守所獲釋後，她就帶著包袱，依循著瑪麗畫給她的地圖來到東京。在四處迷途摸索後，找到瑪麗住的公寓。敲門後，一個男人應門。

他自稱是瑪麗的丈夫。

「我是來找瑪麗小姐的。」她說。

「瑪麗不知道逃到哪裡去了，音訊全無。」他答道。

這下無計可施，但既然都到了東京，就沒有退路，村田英雄也這麼唱：

明天就要來去東京

無論如何愛拚就會贏⑥

不僅如此，她還擁有「漂亮的奶子」——這個自信讓她堅強。

她找到瑪麗過去的經紀人，向他提出「請僱用我」的請求。

經紀人只看了她一眼就同意。第一天是見習，第二天就開始登台。

雖然她只負責在終演時上台鞠躬答謝，但也讓她的乳房因此而「社會化」。一個月後，就決定要為她加入一場入浴戲。

---

⑤ Yves Robert，法國演員、編劇、導演和製片。

⑥ 村田英雄代表名曲〈王將〉（王将）歌詞。

在深夜中進行舞台排練時，她反覆練習了無數次「表演入浴」。赤身裸體跳入滿是泡泡的浴缸，臉上帶著微笑，當她正充滿幹勁時，這場戲突然被中止，令她十分沮喪。

因為舞台兩側，沒地方放那個大浴缸。

此時，她完全沒有夢想在大劇場演出。

因為這裡每個人都很親切，都「誇獎」自己的肉體。

「妳存錢後想做什麼？」

我問。

「對喔（她望著天花板想著），我想租房子。」

她答道。

「現在不是跟大家住在一起嗎？」

「我想要有自己的房間，有朋友從鄉下來的時候，就能讓他們住。」

（彷彿自得其樂，笑逐顏開）。

「妳說的朋友，是男朋友嗎？」

（她沉默不語。）我再問一次，她說：

「有點說不出口啦。」

「說不出口，那就是妳有喜歡的人嘍？」

說完，她又笑了。

「他是什麼樣的人？」

「大學生。」她說。

「妳不想回鄉下嗎？」

被我一問，她低聲說：「想回去啊……」但立刻又加上一句：「可是，我不回去。」

故鄉有她晦暗的過去。在酒吧當陪酒小姐、演出的生活；離家出走時沿著鐵路，無論何處「逃就對了」的往事……

那彷彿是一個少女，在人生開始之前，盡是挫折的一張履歷。

她讓我看她的手。

手腕上，有無數燒傷的痕跡。我嚇了一跳：

「這是怎麼回事？」

被我一問，她照常笑著說：

「燙傷的啊，自己燙的。」

她答道。

「吃安眠藥，應該是藥效發作吧，完全不覺得痛。覺得滿好玩的，就自己拿火柴燙這裡。」

「可是，這樣用火燒，多少還是會痛吧？」

「完全不會喔。所以才會把手燒成這樣。」

她毫不在乎地說。

當然，她不後悔。

始終保持微笑就是她的本錢。

我不喜歡那種「仰望月亮，眼眶含淚」，愁容滿面的女人。大概，也不喜歡運氣差的女人。在無論經過多大難關，都還能保持微笑的女人身上，發現真正的悲傷時，會強烈感受到她們的魅力。

而且，我也討厭不自豪的女人。

只有像她那般對自己漂亮的乳房感到自負時，女人才會變美。即便是任由理性支配的時代，肉體也是它的土壤，這是毫無疑問的事實。

以前，小學老師教我們一個道理：

「健全的精神寄宿在健全的身體裡。」

正是如此。在她演出的劇場男廁牆上，有人用鉛筆寫了：「肉體萬歲！文明去死！」

然而，兩者其實就像無法切割的親子關係。

東北的愛瑪姑娘⑦。

她的名字叫托梅・秋月，十九歲。

現在正從淺草座的舞台上，用乳房打著招呼。

⑦《愛瑪姑娘》（Irma la Douce），一九六三年美國浪漫喜劇電影。

後街紳士錄(5) 上班族

卒子的思想

上班族已經

變成輕鬆的工作啦①

不是上班族的植木等這樣唱著。

於是，爆滿電車裡的上班族們，搖晃著身體，幸福地笑著。

然而，究竟什麼是「輕鬆」？對上班族而言，是否值得欣喜？就來思考一下小市民時代的「大市民」理想吧。

我開始思考，應當對咖哩飯和拉麵進行時代性的考察。

這兩種食物都是學生和上班族最常吃的，再加上餃子，就成為大眾食物中的「三種神器」②。

然而，雖然咖哩飯和拉麵看似同樣受到喜愛，實則各自的粉絲有著微妙的差異。

如果要加以斷定，則咖哩飯族群多數是維持現狀型的保守派，而拉麵族群則是欲求不滿型的革新派占多數。這也許是因為（剔除速食食品的話），咖哩飯有著家的味道，而拉麵卻是街頭的味道。

在我過去主持過的廣播節目《Caster》（文化放送廣播電台）中，曾有一段模仿諾曼・梅勒《一分萬語》[3]風格的單元，讓聽眾在一分鐘內任意演講或抗議。（其中，某位聽眾由於日常生活太過乏味，想藉由廣播笑個一分鐘，讓自己的笑聲響徹日本，然後廣播裡就有一分鐘都是他在反覆「嘻嘻嘻嘻、噗噗噗噗噗……哼哼、嘻嘻……呵呵……」）

在〈一分萬語〉單元中登場的發言者中，有位上班族關於咖哩飯的談話，微妙地滲入我的內心。

他用一分鐘誇耀妻子做的咖哩飯多麼好吃，彷彿咖哩飯是「家庭幸福」的象徵，有一

---

① 一九六二年植木等的歌曲〈Don't節〉（ドント節）歌詞，電影《上班族Don't節 變得輕鬆的工作》（サラリーマンどんと節 気楽な稼業と来たもんだ）主題曲。

② 借用日本創世神話中，源自天照大神，由日本天皇代代留傳的三件神器的典故。

③《Ten Thousand Words a Minute》，諾曼・梅勒於一九六二年發表的短篇評論集。

種「咖哩憲章」確實存在這個世上。

「無論在公司裡過得多無趣，只要繞進後街，聞到迎面飄來的老婆做的咖哩飯香，我就可以把那些事都忘光光。」

「我深深感到，啊，還好我有個家！」

——這種咖哩飯族群，是白領階級的典型，是日本的卒子。

對這些咖哩飯卒子而言，幸福的最大公約數是「睡好覺」「全家平安」「看電視」。

正因如此，植木等才會用他那如同甩炮炸裂般的歌聲，唱出日本版的抗議歌曲。

若不吹牛　不惹塵埃
若不打呼　不語夢囈
枯燥過日　世人皆同
吹個大牛吧　用力吹下去
吹牛啦！吹牛啦！
吹啦！吹啦！吹啦！④

然而，在〈一分萬語〉單元中也辦過「日本人吹牛大賽」，但聽眾在節目中比賽吹牛時，完全吹不出什麼了不得的牛皮。吹不出牛，就開始瞎扯。也就是說，只出現了現實的變體，卻沒有基於想像力的創造。

「唉呀，好無聊喔！」我說。

「根本不能期待那些咖哩飯族群。對這種幸福人種而言，根本不會產生與現實的緊張關係。」

「但這樣不是很好嗎？」

一位上班族說。

「就算『用力吹下去』，現實也不是想像的那麼容易。踏實且平凡地過日子最好。」

然而，與咖哩飯族群的堅實相較，拉麵族群有著較大的可能性。

拉麵族群通常較窮，也容易焦躁不安。在宛如地獄的油鍋般冒著水蒸氣的拉麵店廚房裡，不知為何，總是讓人想到「戰爭」的景象，有個上班族這麼說過。

「畢竟，欲求不滿的拉麵族群並非想在拉麵的味道裡追求什麼，而是因為它比咖哩飯

④ 一九六四年植木等的歌曲〈吹牛節〉（ホラ吹き節）歌詞。

便宜才來吃的。

對自己只吃得起便宜拉麵不滿，對肚子很快又餓了不滿。

也就是說，這是對收入少的不滿，是階級性的不滿。」另一位上班族這樣解釋。

但是……我是這麼想的：

「拉麵和咖哩飯之間二、三十日圓的價差，被說成是幸福的界線，是不是悲慘過頭了？」

「日本的咖哩飯很好吃，連印度人都覺得吃驚！這不就是原因嗎？」

「你覺得呢？」我問。

「你不想嚐嚐看菲力牛排、北京烤鴨、燕窩湯嗎？」

如此一問，這位上班族說：

「我對那些怪食物沒什麼興趣。」

「怪食物？這些才不是怪食物咧，我說的是高級料理吔。」

話才說完，他輕蔑地說：

「吃那些東西有什麼好處？

吃了燕窩什麼的，沒把肚子搞壞算你好運。

最重要的是，提心吊膽吃的東西是不會好吃的。」

「這樣的話，就無法在飲食生活上冒險了吧。味覺文化也不會發達。」
「對啊對啊，不發達也好啊。我只要有老婆煮的咖哩飯就非常滿足了。」

尚・保羅・拉克華⑤在《不出人頭地的祕訣》⑥一書中寫到「如何逃避出人頭地」。根據內文：

一旦出人頭地，過去那段沒錢也能優游在餘暇與友情之中、幸福像能從小河裡釣到的鯽魚般的快樂時光，即便如何懷想，也再難追尋。就像這位仁兄，淪爲賺錢、發號施令的機器，談情說愛時還帶著支票簿，沒完沒了的應酬讓他們吃到肝腫大，電話接到耳朵被聽筒壓得變形。

他們說，時間就是金錢。奇怪的是，他們越是有錢，時間就越少。

和朋友喝一杯，和年輕女孩划船，到舊書店逛逛——誰會做這些事啊？一分鐘內就是

---

⑤ Jean-Paul Lacroix，一九一四～一九九三，法國記者、作家。
⑥《Comment ne pas réussir》，一九五六年出版的法國漫畫圖文書，日文書名為《出世をしない祕訣》。

十萬法郎進出的人……哼哼……是這種等級呢。

同時還對如何避開出人頭地、過平凡日子，提供詳細的指南。

只要照著做：

四十歲左右，你大概就能成爲那種了不起的存在、文明的菁華，也就是所謂「落伍者」了。

這種讓人爆笑的書，對咖哩飯族群而言可說是福音之書。也就是說，「不交朋友」「疏忽犯錯」「不引人注目」的忠告，才能掩蓋他們的無力。

而且，將書末幾個「如何不出人頭地」的無名人士傳記與自己比較之後，應該會對類似之處感到開心，如釋重負般喘口氣，同時也感到些許落寞吧。

上班族是卒子。

也就是說，在爆滿的電車、公司與家之間往返時，他們一段一段地前進。但是，在將棋中，卒子卻能搖身一變為金將。

這不是出人頭地的比喻，而是更大的……例如「價值觀問題」。從咖哩飯與拉麵之間的小競爭，一口氣回到生存方式的整體問題時，這兩種食物的差異就有著發展成上班族龐大理想的可能性。

上班族的「幸福論」不應該從咖哩飯中發現。一旦沒有對「幸福」抱持更加流動的印象，則卒子將只能以卒子身分終其一生。

所謂幸福，就是尋找幸福。——儒勒・雷納爾⑦

⑦ Pierre-Jules Renard，一八六四～一九一〇，法國小說家、散文家。

槍

在文明國家中，只有日本禁止持有槍枝①。

在美國，據說只要繳稅，連機關槍都能買。

「啊，我想要一把槍。」

少年說。

「你要打什麼？」少女問。

「打太陽啊，」少年回答。

「我看著它就不爽！」

少年駐足槍店門前。

在迷濛的玻璃窗裡，放著一整排槍。少年想要一把。

但是他沒有買槍的資格，也沒有錢。

少年想起曾經在舊書店裡讀過一本書，其中一段內容寫著：「槍的歷史與火藥的發明同時開始。早在一六六四年，羅伯特・梅耶爵士[②]就寫過一篇關於自動手槍原理實用化的論文。」這是距今三百年前的事。那時候，少年、少年的父親甚至少年的祖父，都還沒出生。

在很久以前做出來的槍，究竟被如何使用？

「槍是用來打什麼的？」少年問。

「打很多東西啊。」父親回答：「野鴨啦，野豬啦，很多很多。」少年坐在樓梯上，父親坐在餐桌旁，一個人喝著飯後的威士忌。太陽西沉，天色已經漸漸昏暗，但電燈還沒點亮。「只有這樣嗎？」少年問。

「其實，也會拿來打人吧。」父親笑了。

「是在戰爭的時候。但是現在沒有人會幹做那種事。獵人們打野鴨、野豬時才會用

---

① 一九六七年本書出版時的狀況。

② Sir Robert Mayer CH KCVO，德國慈善家、商人。

槍。」

「嗯。」少年半信半疑。

有那麼多野鴨、野豬嗎？

「如果，」少年問。

「如果子彈弄錯目標打到人會怎樣？」

父親被他問得有點不耐煩。正想一個人悠閒喝酒，但既然被問了也不能不回答。「被大口徑子彈射中時，不但血管和周圍的組織都會遭受破壞，一旦頸骨的神經被射中，就撐不了多久，多半是因為大量出血或內臟受損，會死掉。」

「會死？」少年問。

「會啊。」父親重說一次。然而，少年無法再說出「死」這個字。平常還能輕鬆地用「會死啦」「死不了」來嬉笑怒罵。

少年從來沒有思考過「死」這件事。但是，對於與「絕對」有關的事，他會經常思考。

就如同蝙蝠俠、大×超人、原子小金剛都屬於「絕對」一般，槍也彷彿是絕對的存在。電視裡一個男人被另一個男人追趕，眼看就要被追上的關鍵時刻，被追趕的人「喝」地大叫一聲，從口袋裡掏出一把槍，雙方立場瞬間逆轉。少年已經看過無數次這種場面。

「要是能弄到一把手槍多好。」少年心想。「不知道有多讚啊！」

少年的父親的腳不太好，母親也在他剛開始上學那年因為肝癌死掉。少年的身體絕對算不上結實。

運動會時他總是跑在後面，打架也沒贏過。有一次，他曾經思考過關於神的事情。他想像的神，就像奇珍異寶展覽小屋裡，空手斬斷鎖鏈的怪力男一樣。

今年夏天，少年跨過鐵路，專程走訪神學院。然而，從爬滿綠色藤蔓的教堂裡出來的神學院學生們，沒有一個符合少年心中想像的神的形象。有的人瘦、有的人戴眼鏡，還有人將齊克果③或馬克斯・皮卡德④的書夾在腋下。

「我要買槍。」少年說。

「真的嗎？」一個長滿雀斑的男孩羨慕地問。

---

③ Søren Aabye Kierkegaard，一八一三～一八五五，丹麥神學家、哲學家及作家，被視為存在主義創立者。

④ Max Picard，一八八八～一九六五，瑞士哲學家。

「但你不知道怎麼開槍吧？」

「講什麼啊！」少年說。「開槍的方法一下就會了。」

少年看著自己倒映在槍店迷濛玻璃窗上的臉龐。他的臉，和陳列著的一整排槍疊在一起。目前⑤，在日本禁止持有的槍枝，大致是全自動槍。自動裝填六連發子彈的槍（點二二口徑除外），口徑一點五五公釐以上的來福槍，編號八號以上的散彈槍，可以藉由改裝或分解成為手槍的槍，全長九三點九公釐以下、槍身長四八點八公釐以下的槍。少年推開門走進去。

店裡很暖和，有許多鳥和鹿頭標本，還有不常見的外國字。

「你每天都來吔。」賣場裡有一個工讀生，一邊擦槍、一邊對他說話。少年不作聲，向他縮縮肩膀。

「你喜歡槍嗎？」工讀生問。

「嗯嗯，喜歡啊。」少年回答。

「喜歡也沒用啦。」工讀生說。「再十年都不行。」少年覺得十年也太長了。

從出生到現在，好不容易才過了十年。

「這是華瑟⑥的五連發手動槍機⑦運動來福槍。你看，這裡還刻著『來福槍團體』。」

工讀生拉起少年的手，讓他摸刻字的凹凸處。少年嚇了一跳，把手抽回來。不知為何，他感到有點害怕。

「要不要拿拿看？」工讀生問。

少年默不作聲。

工讀生就像要頒發獎狀般，把槍遞給少年。少年用雙手接住槍。槍身冰冷而沉重。

「這把槍死了。」少年想。

「不過，開槍的時候就會活過來吧。」

那把槍有著油的味道。少年覺得似乎曾經聞到過這種氣味。那是媽媽還活著的時候，梳子的味道。

---

⑤ 一九六〇年代。

⑥ Carl Walther GmbH Sportwaffen，華瑟運動槍有限公司，德國武器生產商。

⑦ Manual Action，手動供彈槍機（manual-loading action），是指需要射擊者完全用手施力操作完成將子彈送入膛室（上膛），並在射擊後將用完的彈殼退出膛室（退膛）過程的槍械。

那天晚上，少年作了一個夢。

他夢到自己拿著槍，從乾枯的草叢中，對準一隻在空中飛的鳥射擊。少年的肩膀感受到槍的重量，扣下扳機。像是挨了一巴掌般，槍身撞上他的側臉。

但是，子彈漂亮地命中，鳥的羽毛散裂在空中。

「中了！」少年在夢中大叫。

然而即使被子彈命中，鳥卻沒有墜地，只稍微傾斜身體，繼續緩緩向前飛去。

少年繼續射擊第二發、第三發。

每發子彈都打中鳥，每次羽毛都在空中飛散。

但是鳥還是沒掉下來，繼續飛翔。

少年的手漸漸僵硬，臉頰磨到破皮，肩膀痛得像是骨頭要散掉。即使如此，他還是繼續射擊。

然而，鳥還是沒有掉下來。

少年眼眶含淚。對於即使手上有槍也無法擊敗的世界，感到悲傷至極。少年昔日陰鬱人生中的太陽，映照著他的頭頂，少年的五連發手動槍機運動來福槍，只能對著鳥已經翩然遠去的天空，繼續射擊。

美國充斥著未成年人持槍犯罪的新聞報導。也有報導將少年們某天突然槍口朝向自己幸福雙親的恐怖現象，直接評論為對美國的越南政策的批判。

然而，槍冰冷沉重的存在感，抗拒了所有譬喻。

「再過十年！」少年心想。

他兩手托腮，坐在樓梯上，從昨晚的夢中醒來後，今天還是得繼續生活。

「啊，真想快點長大。」少年喃喃自語。

父親一邊從他背後聽著他的喃喃自語，一邊獨酌威士忌。

「雖然不能擁有槍枝的社會很無趣，但需要槍的社會更無聊。」

醉意上湧，二十年前的舊傷又開始痛起來。

父親茫然地想著那場已經結束的戰爭。

「當年害我腿廢掉的，不過就是一把槍。

現在我兒子想要的，也還是一把槍啊。」

後街紳士錄(7) 長途卡車

黎明時的祈禱

不知要去何方
只想從此處
遠離前行
——朗斯頓·休斯

又有一輛長途卡車在天剛破曉時出發。他們的人生，就是奔馳。一個司機，對著得來速的女侍大喊：

「想寫信給我也沒辦法啦。因為我就住在公路上。」

長途卡車司機們聚集的食堂，給人宛如社會底層大飯店的印象。

在那裡，形形色色的人生，在吃一碗丼飯的時間中展開。

食堂牆上，貼滿諸如燒烤內臟定食、燒肉定食、燉大腸定食、「強力滋補」的天婦羅定食、炸豬排等菜單。廚房的大鍋裡冒著地獄般的蒸氣，現宰的雞腳和豬蹄塞滿了整個桶子。在食堂裡，即使是大半夜，也充斥著汗臭味的悶熱空氣，然而踏出門外，就是無人的高速公路，四周也沒有人家，只有衝向黑暗中的長途卡車不時經過。

「阿姨，那個司機每天晚上都點同一首曲子吔。」

一個端著丼飯的女孩，看著收銀機後方的阿姨，悄聲說道。轉頭一看，在中古的點唱機前，一個背脊微駝，年約四十二、三歲，開卡車送青花魚的司機，正在盯著機器裡轉動的唱片。

不～～再留戀逃走的老婆　想吃奶的孩子實在可愛

我不會唱搖籃曲啊　笨男人的……浪曲[1]調……

① 又稱浪花曲、難波曲，日本的一種說唱藝術。

「聽說那個司機的老婆跑了。」收銀阿姨說。

「這種開長途卡車的司機，一個禮拜最多只能回家一趟，被老婆嫌棄也不是沒道理。」

食堂招牌菜的燉大腸定食裡，有白蘿蔔、紅蘿蔔和不知道什麼動物的內臟。也有撒滿用味噌燉煮過的長蔥，分量不多就賣不好。

「老婆跑掉之後，他改變跑車的路線，把原本沼津到東京換成現在的大阪到花卷，路程更遠。因為跑得越遠，遇到老婆的機會就越多。」

燉大腸的蔥味有點兒青臭，嚼的時候會從牙齒後方散發冬天的土味。那是小時候故鄉後院菜園的味道。唱片裡恍如鼻塞的歌聲，將感傷的詞句從喉嚨深處傾吐而出：

長得有點像我家煮飯婆的女人　可以抱抱這個可憐的孩子嗎？

「喂，大叔，該走了。」一個年輕司機在襯衫外披上棉襖，嘴裡嚼弄著牙籤，拍了拍點唱機旁中年司機的肩膀。

「我要睡一下，到橫濱時叫我起來嘿。」

「妳看妳看，那個人就是『兩點哥』。」收銀阿姨一邊剝開找錢用的一捆硬幣，一邊告訴女孩。「雖然不知道他的名字，但他一定在兩點進來店裡，準得像時鐘一樣。」

她說的那個男人，剛把硬幣喀啦一聲投進打彈珠機。另一個雞飼料運輸公司開車的司機盯著打彈珠機說：

「昨天我輸了不少啊。」

這台打彈珠機是Made In New York。畫著比基尼女郎的打彈珠機上，有無數的「迷宮」，他們讓白色的珠子在其間滾動穿梭，一局賭一百日圓。兩個互不相識的人，總是「吃同一鍋飯」，在這裡賭個輸贏後，再度各奔南北，踏上遙遠的貨車旅程。彈出去的珠子在機台上滾動，快掉進洞時，就用食指按鈕讓它停住。但是沒多久珠子又會快掉進洞裡。攔住珠子的，並不只是手指的意志。這是快要墜落到最底下的珠子，與試圖阻擋它墜落的人的冷靜判斷之間的戰爭，就如同「幸福論」的比喻般衝撞。這是僅僅一百日圓的幸福論。然而，落入洞裡的珠子，是無法在機台上復甦的。

「換你了。」載雞飼料的司機說。

「兩點哥」用大拇指尖，卯足了勁將賭上自己運氣的白色珠子彈出去。

「海豚。」那個金牙男說。

「我載海豚。」

「載那種東西幹嗎？」

「吃啊。」

「吃海豚？」

我半信半疑，看著這位司機的臉。他的第二碗豬排丼已經見底。

「我不知道竟然有人吃海豚。」

我說完，金牙哥笑了。

「海豚的腸子很好吃咧。」

然後他說：「生海豚肉更是美味。

我給老婆吃了之後，她連說了不得、了不得……」

欸？我略微一驚，心想，原來這位金牙哥有妻小啊。可是，這麼冷的冬天海裡有海豚嗎？不知不覺，在金牙哥吐出的煙霧中，等他回家的妻小和冬天海裡海豚的影像，彷彿交疊在一起。有海豚嗎？有？沒有？妻小是海豚。有海豚嗎？

不知為何，心情有些沉鬱，是因為已經凌晨兩點了嗎？

年紀老大不小的男人們，清一色戴著婚戒，實在令人佩服啊。

我邊喝著豬肉味噌湯，邊（帶著一點醉意）調侃：

「真是不簡單啊，都戴著婚戒哩！」

我這麼一說，一位載水泥管的司機回我：「這不是婚戒喔。」說著從手指頭上取下給我看。

「不是婚戒是什麼？」

「是印章。」

「印章？」我拿起來看。

原來如此，是印章啊。

「我們啊，不知道在何時、何處會發生事故。」

「被警察逮到的時候，馬上就要在紅單上蓋章，如果沒有印章就很麻煩。為了防止搞丟，乾脆就戴在手指上。如果能一輩子都用不到就好了……」

他的臉色相當疲憊，但話聲有力。

「我大哥發生傷亡事故，撞死三個人後，從此改行不再開車。但是他說在半夜兩點左右聽到遠處有砂石車開過，會突然驚醒。他應該是誤以為要換手開車吧。換手時，睏得很難受。」

因此，咖啡銷路很好。咖啡賣得比任何「強力滋補」的精力餐都好的原因，是因為他們的工作是「與睡意鬥爭」，此外無他。即便如此，「身體累垮，還是存不了錢。錢進來也是去名古屋賭個賽艇，而且輸多贏少。偶爾贏點錢，也都花在女人身上。

女人啊，你有錢的時候才會對你溫柔。」

在黎明時的高速公路上飛馳而去的長途卡車，總有著悲壯的感覺。雖然生在同一個時代，卻找不到能賭上自己青春歲月的目標的人們，這是他們卑微而自暴自棄的公路賽車。在滿載青花魚的卡車駕駛座上，羨慕著人們微小的小市民生活，背對著初昇的旭日，向北方奔馳。

反正我們啊

總是流浪

吹著口哨一路遠去的他們，發生交通事故的原因，不只是駕駛上的失誤，或是過勞導致的疲憊，而是有更本質的原因。

也許，可以說是因為他們對這個不合理時代的怨恨吧。

「總之，同一條路線走膩了，就去別的公司嘛！因為我想跑遍全日本。之後，或許會停在某個小鎮上過一輩子。但現在奔馳就是我的生活。」

兩個女人

四月十日。

聽著櫻花賞①大賽的賽馬實況轉播，我想起兩個女人。

明美和小綠。

兩人都是新宿「使徒」（Apostle）酒吧的陪酒小姐，為了爭搶一個大學生鬧成傷害事件。

這已經是很久以前的事，我不知道兩人之後的情形。

但是，看著櫻花賞大賽中「若雲」與「目白菩薩」的對決，又恍如昨日之事般憶起昔日舊事。

目白菩薩是一匹三百七十六公斤重的小個子賽馬。

在參加櫻花賞大賽的二十四匹母馬中，牠比任何馬都嬌小。還不只體型小，身世也比任何馬都不幸。

一個暴風雨的夜晚，牠的母親「目白皇后」在馬廄稻草堆上，因難產而受苦。

因為牠實在太過痛苦，不禁讓人認為，「難產這麼嚴重，搞不好生不出來。」

終於，目白皇后生下了牠的頭一胎，卻因體力耗盡而死去。

馬舍的人被暴風雨淋得渾身濕透，對目白皇后的死感到悲痛。牠的頭一胎幼駒，就在未受祝福下來到世上。

（傳說，這匹幼駒一出生就立刻靠自己的腿站起來，同時，狂暴了整夜的風雨就像沒發生過一樣突然止息，漆黑的夜空裡，升起了如剃刀般的新月。）

因為馬主認為幼駒繼承了佛祖的血統，因此將它命名為「菩薩」。

再承襲母親的名字，就成為「目白菩薩」。

然而不知為何，目白菩薩比其他馬長得慢，性格也陰沉。因此，廄舍的人完全不認為目白菩薩能有一番作為而成為經典賽冠軍馬[②]，對牠毫無期待。雖然目白菩薩剛滿三歲就

---

① 日本中央賽馬會（ＪＲＡ）每年四月在阪神競馬場舉辦的一級賽事（ＧⅠ），僅限母馬參賽，為母馬年度三冠大獎之一。

② クラシックホース／Classic Horse，意指在經典賽事（クラシックレース／Classic Race，日本中央競馬會主辦的三歲馬Ｇ１大獎賽櫻花賞、皐月賞、優駿牝馬、東京優駿、菊花賞的總稱）奪冠的名駒。

開始參賽，但絕對說不上是「受到重用」。開始出賽後不久，父親蒙塔瓦（Montaval）③也死了。

蒙塔瓦是從英國進口的種公馬，被稱為「良家的放蕩紳士」，日本全國各牧場都有許多與牠配種過的母馬。然而，馬的社會體系裡沒有「家族制度」，因此目白菩薩沒有得到牠的任何遺產。

身為中央賽馬界史上少有的「孤兒馬」，目白菩薩被正式登錄為賽馬。不知為何，只要看著目白菩薩，我就會想起少年時代經常聽到的琵琶語物④中的「石童丸」⑤：

忽聞山鳩啼
父母思想起

石童丸充滿哀戚的企求，令人覺得也是目白菩薩的願望。

目白菩薩從首戰開始，就對勝負燃起異常的鬥志，每場比賽都讓人感受到殺意般的氣勢。而後，在參加朝日盃三歲馬獎金賽⑥（決定該年最強三歲馬賽的大獎賽）前夕，已經累積了七戰六勝的戰績。

在朝日盃三歲馬獎金賽上，目白菩薩的對手是公馬列強：玉秋芳、港口希望、弘勇、鷹時、海亞蒂絲，以及母馬目白馬約卡。雖然目白菩薩被認定「不太行」，但牠從開始就領先到結束，獲得勝利。

馬迷們如此談論「目白菩薩為什麼這麼強」：

「那就是牠對自己不幸身世的復仇。想要被愛，除了獲勝，目白菩薩別無他法。」

賽馬迷們應該都知道「雲若事件」吧。

昭和二十六年（一九五一年）的櫻花賞大賽，以第二名敗給月川，令人惋惜地錯失母馬最高榮譽的雲若，在不久後淪為「京都競馬場集體傳染性貧血」⑦事件的犧牲品，被命

---

③ 一九五三年生於法國，但現役時期在英國達到生涯高峰，曾於一九五七年在英國三冠大賽之一的喬治國王六世與伊莉莎白女王盃奪得優勝，於一九六一年轉至日本成為繁殖育種用的種公馬。

④ 語物（語りもの）為起源於中世紀日本的口傳文藝、音樂說唱藝術，琵琶語物（琵琶語り）則為日本平安時代的盲眼僧侶在街道上彈奏琵琶說唱的敘事曲。

⑤ 琵琶語物的曲目，取材自江戶時期謠曲《苅萱》，講述高野山苅萱堂、善光寺親子地藏、法然上人的緣起。

⑥ 日本中央競馬會為三歲馬（虛歲計算，二〇〇一年國際馬齡計算方式變更為實歲之後，更名為「二歲」）每年十二月在阪神競馬場舉辦的G－一級大獎賽。

⑦ 傳染性貧血（equine infectious anemia）是一種由細菌引起，同時具有回歸熱（Relapsing Fever）及貧血病徵的驢、馬等馬屬動物特有的傳染病。「京都競馬場集體傳染性貧血」是指一九五二年冬天發生在京都競馬場的疫情，雲若雖然被下令撲殺，但其實是誤診。

令撲殺。

羅患傳染性貧血的馬必須受到撲殺處分，這是賽馬界的規定。

但是，受命對雲若進行撲殺處分的人，沒有殺死雲若，還加以庇護，藏起來暗地裡養病（或許是另找了一匹馬聲稱是雲若而加以撲殺）。這個謎團般的事件被稱為賽馬界的「基度山伯爵[8]事件」。不久，平安無事的雲若在北海道早來町的吉田牧場產下幼駒。

馬主想向中央賽馬會登錄這匹幼駒，卻被告知「本來應該已經死掉的馬產下的幼駒不能登錄」。

於是，為了這匹幽靈產下的幼駒，賽馬界提起史無前例的「私生幼駒參賽訴訟」。

整個訴訟過程曠日廢時，最後雲若的頭胎產駒月櫻初次參賽時，已經是六歲多的老馬。

若雲就是這匹幸運的雲若生出的第五胎幼駒。

一出生相貌就酷似母親，因此就被馬主將母親的名字前後倒轉命名。以實現母親「母馬最高榮譽」的願望為目標而被培育成長。

若雲的父親是出生於美國的遮蔽二世（Cover Up Jr.），目前還健在[9]。若雲在北海道的遼闊環境中，被培育為生氣勃勃，體重四百六十公斤的大馬。少有馬能獲得這般的期待與祝福。

牧場的人們說：

「若雲一定會實現雲若的悲願。

若雲不是普通的馬。

牠是亡靈的孩子哩。」

目白菩薩和若雲均分了櫻花賞大賽的人氣。

（當然，還有喜代繁、喜代好、博芳這些伏兵。）

若雲的韁繩，緊握在當年騎乘母親雲若的騎師杉村手上。另外是南下大阪後食慾大增，備戰完成的目白菩薩。誰能奪得母馬的榮譽，成為馬迷們的話題。

單獨押注目白菩薩優勝的馬票賣了三百二十萬日圓，單押若雲獲勝的馬票賣了一百六十七萬日圓。這場比賽，令人感到彷彿是「不幸」和「幸運」孰強孰弱的較量，馬迷們選擇了「不幸」的目白菩薩，如實表現了現代人的賽馬思想，我覺得非常有趣。

---

⑧《基度山伯爵》（Le Comte de Monte-Cristo），又譯為《基度山恩仇記》，是一八四四年法國大文豪大仲馬的小說代表作，講述含冤下獄的青年在越獄後獲得巨額財富，改名換姓對他的迫害者復仇的過程。

⑨本書出版時的一九六七年。

然而，比賽是以喜代好和博芳的賣命衝刺拉開序幕。過了三分三厘[⑩]後進入直線賽道，如同音樂的高音一般，一匹鹿毛色的馬頭衝刺而出。

是若雲！

若雲氣勢十足地拋開其他馬，讓人覺得牠可以輕鬆獲勝。

此時，目白菩薩穿過馬群，如箭一般追上來，伏兵的博芳也更提高一層速度。

目白菩薩在激烈的戰況中，追上博芳和若雲，三匹馬幾乎同時衝過終點。

（經由攝影判定，比賽結果為若雲第一，博芳以一頸之差落居第二，目白菩薩則以一鼻之差位居第三。）

十年前，明美拿剃刀砍傷小綠。明美是孤兒，身材嬌小；小綠是私生女，母親奇蹟般地在廣島被原子彈轟炸時存活，後來在北海道的夜總會工作。

兩人爭搶的大學生，最後與小綠結婚。這次不幸沒有戰勝幸運。現代果然也是運氣不好就活不下去的時代吧。

---

⑩ 從第三彎道到第四彎道之間的決勝賽段。

地方賽馬見！

連日陰天，心情沉重。

久違地想搭火車[1]。說是火車，但最近已經不裝設汽笛，實在很無趣。

我覺得以前的火車比較好。

從青森站出發，穿過我寂寞少年時代的心，向著東京而去時，有很棒的汽笛聲。當時我經常坐在屋頂上吹口琴，用口琴聲與汽笛聲較量。

有故鄉可歸眞好

但我既無名亦無雙親

——我喜歡這種歌曲。

① 原文指蒸汽火車。

事實上，我就是「既無名亦無雙親」。

我提著手提包正要出門時，發現信箱裡有一封信。

寄件人叫森譽，地址是千葉縣船橋市宮本町船橋賽馬場。

出於好奇，我拿了那封信，朝還沒開店的「費爾威爾」酒吧走去（「費爾威爾」（Farewell）的英文原意為「告別」，因為酒吧老闆押注一匹「費爾威爾」的賽馬，用爆冷門馬票中的獎金開了這家小小的托利斯酒吧[2]）。

我獨坐在「費爾威爾」的吧檯邊，借斜射進來的陽光讀那封信。信上是主張關於發展地方賽馬的立場。

他在信的開頭寫著：

「三月初拜讀您的大作《讓大家都生氣吧》，從第一章〈再會了，勿忘草[3]〉開始，就讓我非常不愉快。

首先介紹一下敝人的工作。

我就是您以偏見看待的公營賽馬（通稱地方賽馬）的騎師。」

他所表達的異議為：「您區別地方賽馬[4]與中央賽馬，主張中央賽馬享有菁英般的特權，這是根本不懂賽馬的觀點。」

我的《讓大家都生氣吧》是一本關於賽馬、拳擊、棒球的隨筆文集。書中〈再會了，勿忘草〉這章，是為了對中央賽馬的當家花旦明星馬「勿忘草」被賣給地方賽馬，表達感傷之意。

（我是這麼寫的：曾經入選全明星陣容的馬，現在卻被流放到公營賽馬廢屋般的馬廄，令我同情，覺得牠就像過去的流行歌手淪落到地方後巷裡的小歌廳賣唱。）

我還寫「不希望這匹名為『勿忘草』的美麗母馬，在公營賽馬中老殘以終；承襲名家血統的馬，應該在晚年得到用心照顧。」

同時——

---

② Tonys Bar，以提供日本國產三多利（Suntory）威士忌（Torys Whisky）等酒類為主的威士忌酒吧的暱稱，以合宜價格提供酒類為賣點的日本庶民酒吧，在一九六〇年代開始受到歡迎。

③ Myosotis，一九六〇年生的雌性純血賽馬。

④ 日本依法由都道府縣等地方公共團體主辦的賽馬（平地競走），有別於由中央賽馬會（JRA）主辦的主流賽事。

行旅的藝者與浮雲
終將歸於何處

此般境遇，是「不美」的藝人應該背負的宿命，是只適合二流藝人的命運。

然而，森譽騎師展開反擊。

「有空的話，請來看我們船橋賽馬場。

那裡並列著至少比中山賽馬場還明亮的新馬廄。

同時，純血馬⑤的賽馬，生來就被賦予奔馳的宿命。

不管是哪一種草地，牠們都會超越人類廉價如詩般虛幻的良心，生氣勃勃地奔馳。

更且，即便在公營賽馬，也有許多馬不遜於承繼名門血統的中央明星馬。

早年有雲光、隅田川、阿拉伯的時間閃電、全聖者。曾在天皇賞獲勝的中牧場、蛋白石蘭、高天原、猛攻；在日本德比奪冠的醍醐譽、金波……多不勝數。」

我對這位森譽騎師的強烈論調很有好感。

看起來他是讀了我的書後才生氣的，但他似乎也與我相同是戰後派。他的信繼續寫著：

「約莫是昭和三十二年（一九五七）的時候，我讀了武智鐵二⑥那本不知算是色情還是藝術的《賽馬》，那本書也令我感到憤怒。

書中說地方賽馬是搞假比賽，連看都不想看。還斷言與之相較，中央賽馬不可能有人為造假。

然而那本書出版不久，就被檢舉在福島的比賽中，小田本和另外兩、三個騎師作假比賽。沒有比當時更讓我打從心底開心呢。給我看好了！裝什麼知識分子派頭！我放聲大笑。但是，小田本曾經是我的好友……」

也許我對地方賽馬抱持過多偏見。

我想。

這是與森譽騎師所說的「明明騎師和馴馬師都同樣是日本人，不應該有差別」的意

---

⑤ Thoroughbred，為了賽馬而刻意培育出來的品種，起源於十七至十八世紀英國，由英國當地牝馬與阿拉伯種的種牡馬配種而成。所有現代純血馬的血統都可以追溯到十七世紀最初進口到英國的三匹種馬。

⑥ 一九一二～一九八八，評論家、電影導演。

識，有著深度的連結。

或許因人而異會被稱為是一種情結——然而事實上，對出身貧寒者而言，全面否定自己的立場，抑或是採取強硬態度堅持，兩者是不同的。

以馬來比喻的話，無論是森譽騎師或是我，應該都不是所謂的「名貴血脈」。我們無疑都是「輕半」[7]出身，也過著地方賽馬般的人生。

因此，當洛克菲勒[8]的兒子北海英雄，或是皇家挑戰者[9]的孩子皇家二世這些所謂「名貴血統馬」參賽時，我也會探尋能夠打敗牠們的對手。

同時，我會期待土佐綠或高倉山這些在日本出生的孩子們。

事實上，我非常討厭「良家少爺」。

他們脫下VAN[10]的夾克扔在跑車座椅上，在口袋裡藏著石津謙介[11]寫的《男子帥氣實用學》[12]，一邊聽著投機者樂團[13]的電吉他演奏，一邊與時裝模特兒調情。只要看到這些所謂的「良家少爺」，我都會產生一股想臭罵「去死啦！良家少爺。」的衝動。然而正因如此，即使身無分文，還是會大搖大擺地打老遠來到東京的偏僻郊區，在中央賽馬的主場看那些名貴血統被打敗。

我突然想去看地方賽馬。或許在那個與「上得了檯面的地利人和之處」不同的地方，會有其他不幸的純血賽馬。

森譽騎師或許不認為那些純血賽馬不幸，但對我而言，說到地方賽馬總帶著寂寥的印象。

為了打消這種感覺，我覺得非跑一趟不可。

有故鄉可歸眞好

但我既無名亦無雙親

⑦ 日文稱為「輕半血種」，為馬的體格分類之一。輕種馬與重種馬的雜交種，擁有輕快的體態以及相對溫厚的性格，能拉輕馬車也能參加馬術競技。

⑧ Rockfella，出生於英國的賽馬及種公馬。一九六〇年代，日本大量引入外國產種馬至日本育種。

⑨ Royal Challenger，出生於愛爾蘭的賽馬及種公馬。

⑩ 一九五〇年代創設於日本鎌倉的流行成衣品牌，設計上取材美國流行文化元素，在一九六〇到一九七〇年代於日本形成時尚風潮。

⑪ 一九一一～二〇〇五，二十世紀日本代表性時裝設計師，成名於日本高度經濟成長期的一九六〇年代，被稱為「男士時尚之神」。

⑫ 《男のお洒落実用学》，一九六五年婦人畫報社出版。

⑬ The Ventures，一九五八年組成之美國著名搖滾樂團，由唐・威爾森（Don Wilson）和鮑勃・博格爾（Bob Bogle）創立，全球累積唱片銷售超過一億張，二〇〇八年入選搖滾名人堂。

賽馬的梅菲斯特①

生平第一次被人帶去看賽馬時，一般都會買馬票。

這就是所謂的「初學者的好運」（Beginner's Luck）。

然而，也因為這個「初學者的好運」，讓不少人因此浪擲人生。

在我身邊的馬迷中，落魄的那一群，都會怨恨第一次帶他們去看賽馬的人。

他們的埋怨是：

「十年前的那天，如果那傢伙沒找我去賽馬場的話，我也不至於淪落成人生失敗組。」

同時，在中山賽馬場四周的原野中，有人走在「窮光蛋大道」上，口袋塞著空空的錢包：

別想贏　想贏就會輸喔
我心裡原本就輸了②

一邊模仿美空雲雀③的歌聲，一邊獨自敗興而歸。

然而，也有些人喜歡帶新手去賽馬場。

把平日認真工作的上班族帶到賽馬場，支付彩金換取他們的靈魂，這些人就像是如同梅菲斯特般的惡魔。

我也是其中之一。我的朋友古川益雄④等人，更是頂尖的賽馬惡魔，輕聲細語向不懂賽馬的男女「灌輸賽馬的魅力」。他的座車是克萊斯勒「帝國」（Chrysler Imperial），頭戴黑色寬簷紳士帽，口銜雪茄。身材高大，雖然年齡不詳，但應當是四十出頭無誤。他是演藝製作公司的社長，換個說法，也可以說是現代的「人口販子」。

聊賭博的時候，他總是興高采烈（下去賭的時候更開心）。

---

① Mephisto，惡魔梅菲斯托菲列斯（Mephistopheles）的簡稱，初見於《浮士德》，為傳說中邪靈之名，此後在其他作品成為代表惡魔的定型角色。

② 一九六五日本歌曲〈柔〉的歌詞，關澤新一作詞、古賀政男作曲、美空雲雀演唱。

③ 美空ひばり／みそら ひばり，一九三七～一九八九，日本女歌手及演員，昭和時代日本歌謠界代表人物，被譽為「昭和歌姬」「歌謠界女王」。

④ 一九二〇～一九九一，日本演藝製作人、作詞家。

我很喜歡他。

知道幾個關於他的小故事。

例如，二次戰後的不景氣時期，他在賽馬場當「分析師」。所謂的「分析師」是與「預測師」相反。不是在賽事開始前預測比賽內容，而是在比賽結束後「解說落敗原因」。靠著音樂學校出身的教養，以及合宜體面的西裝，裝腔作勢地解說比賽的結果，馬迷們被他的辯才無礙吸引，要求他「分析下一場比賽」。

於是，他寫好交出下一場比賽的「結果」。

當然分析也有失準的時候，但他與生俱來的紳士風範與冷靜談吐，吸引了更多的客人。就這樣，靠自己的賣點養家活口的他已經不是馬迷，而是賽馬的專業人士。在民營電台開業之初，他還擔任了ABC廣播電台的交響樂團指揮。

音樂原本就是他的本行，雖然東山再起，他卻無論如何都不想拿起指揮棒。據說，他是拿著預測賽馬結果用的紅色鉛筆，來指揮交響樂團。雖然我沒聽過他指揮的樂團演奏，但用預測賽馬結果的紅色鉛筆指揮出來的交響樂，一定會讓人感覺是惡魔的音樂吧？

如果這是遠離藝術的人對藝術的復仇，那確實是給人銘心感受的一段故事。

之後，我和古川益雄久別重逢，一起去中京賽馬場（名古屋）看比賽。

去看地方賽馬場的好處，不只是可以買「連勝單式」[⑤]馬票，也不會在場內遇見熟人。我們也不是怕被人看到，但還是學人戴上墨鏡。同行的還有手執紳士手杖的爵士歌手古谷充[⑥]、才二十歲卻蓄著山羊鬍的大阪人氣電吉他樂團「林德」[⑦]的團長加藤宏，以及爵士鋼琴家大塚善章[⑧]等六人。

其中，加藤、古谷和大塚三人是不情不願被硬拉來的「初學者」。他們都隸屬古川益雄的演藝公司「Target Pro」，基於社長的命令，翻閱著生平第一次接觸的《Racing Form》（賽馬報紙），無奈地跟著我們。

「我押『港口公園』（Minato）和『Miss 春代』（Miss Haruyo）。

這兩匹馬名縮寫是『M・M』，

我是瑪麗蓮・夢露[⑨]的粉絲，那就押M・M吧。」有人這麼說。

---

⑤ 準確押中第一、二名順序的馬票，簡稱「連單」。
⑥ 一九三六～二〇二〇，日本爵士音樂家。
⑦ The Lind & Linders，一九六五年組成的日本搖滾樂團。
⑧ 一九三四～，生於大阪。日本爵士、鋼琴音樂家。
⑨ Marilyn Monroe，一九二六～一九六二，美國女演員、模特兒和歌手，為二十世紀五〇至六〇年代初的性感象徵之一，並成為時代性革命的象徵。

在與一輛女孩開的跑車會車時，也有人瞥了一眼說：

「車牌是四二五三哩——好喔！就押『四—二』和『五—三』吧！」

我們邊說邊鼓譟地衝進賽馬場，所有人一開始都先買了阿拉伯馬障礙特別賽的馬票。而幸運並未眷顧幾個初學者，這場押中的只有半職業賭徒的山形和我。

但我最後還是輸得一乾二淨，只有山形用八千日圓買的兩張特別馬票，押中了兩匹爆冷門黑馬，贏了十六萬日圓。我安慰那三個初學者：「還好你們沒買這場！」

贏了十六萬日圓的山形，被我們敲了一頓竹槓，我們坐上克萊斯勒，從名古屋出發開了八個鐘頭，在桑名、奈良、和歌山玩了一圈，最後前往大阪。一到大阪，古川益雄說要玩吃角子老虎，於是我們又在電子遊樂場開賭。最後總算能到「B……」夜總會喘口氣時，已經是凌晨三點了。

清晨三點的「B……」瀰漫著香菸的濛霧，在狹窄的絨毯上，推疊著幾個不省人事的醉漢，以及被鎮靜劑的惡夢附身的女孩、黑人、混血男人和酒吧的陪酒女侍，亂成一團。同時，難得來到日本的「MJQ」樂團⑩的米特・傑克遜和康尼・凱，啜飲佳釀乘興唱著慢歌，空氣變得十分沉重。我們連坐的地方都沒有，被擠得站在角落。

「就是這些傢伙讓爵士樂墮落！」

古川益雄說。

「奇哥・漢密爾頓[11]和約翰・路易斯把爵士樂搞成這種半吊子……」

他一邊說著，一邊對著假掰地唱著歌的米特・傑克遜嗆道：「喂，我們來讓他們聽聽從賽馬場賭完回來的爵士樂啦！」

於是，加藤彈吉他，大塚彈鋼琴，加上古谷的長笛和歌聲，直接挑戰MJQ。當他們恣意地演奏出下流的樂聲時，MJQ的成員們皺起眉頭。「再來一首！」「再來一首！」客人們越來越興奮，大家打著拍子一起唱歌。

地板被人們踩著。

MJQ也再度開唱。

就在這樣的熱鬧中，天亮了。我們回到飯店時，已經是早上六點出頭。

我倚在被陽光斜射的床邊，寫了一首短短的歌詞。

⑩ Modern Jazz Quartet 的縮寫，一九五二年組成的美國著名爵士樂團，由約翰・路易斯（John Lewis，鋼琴、音樂總監），珀西・希斯（Percy Heath，低音提琴），米特・傑克遜（Milt Jackson，顫音琴），康尼・凱（Connie Kay，鼓）組成。

⑪ Chico Hamilton，一九二一～二〇一三，美國著名爵士樂鼓手與樂團團長，為美國西海岸爵士樂代表性樂手。

這是我個人對古川益雄哲學的感想：

如果人生只有道別
再來的春天又是什麼？
在天涯盡頭
盛開的花
又是什麼？

啊，日本海

在我的少年時代，青森的業餘相撲盛行，其中最受人憧憬的力士是日本海和若湊。

在當時的貧窮農村裡，生為農民家的次男、三男，如果想出名，就要去當相撲力士或是民謠歌手。

身材高大的農家子弟，悄悄地做著成為相撲力士的美夢；而擁有好聲音的人，則是對著昏暗的海峽嘶吼〈彌三郎調〉[①]或是〈自安和樂調〉[②]等民謠（而什麼專長都沒有的年輕人，只能趁早對自己的人生死心，不是當人家的養子或長工，就是離鄉背井到東京工作）。

我叔叔因為有著好歌聲，因此目標是成為民謠歌手，用包巾打包了一把三味線離家出走。

① 〈やしゃぶろうぶし〉，日本青森縣津輕市森田町的民謠。

② 〈じょんから節〉，日本青森縣津輕地方的民謠。

我到火車站為他送行。

那是個暴風雪的夜晚，火車來之前還有一點時間，因此他在月台上為我唱了一首歌：

海上之鷗若能言
託付音訊代聽聞

是一首當地的民謠。

這位叔叔後來似乎沒有成功當上歌手，現在好像在北海道釧路的花街展演春宮圖及吟唱淫曲。我曾經在報上看到他因為猥褻罪被警察逮捕的報導，還滿懷思念地寫信勉勵他。

這已經是十年以前的事情了。

那麼，對於相撲力士日本海的回憶，要回溯到戰爭的時期。

他是我們故鄉的英雄。

雖然只是業餘相撲力士，但是比當時職業大相撲名將的大之里③以及綽號「猛牛」的鏡岩④更受歡迎。他就是個吃軟飯的男人，和一間叫「白菊美容院」的美髮店老闆娘結婚，有空閒就去神社練習相撲。

不過，我沒有看過日本海的相撲比賽。

這些事都是聽母親說的。

（因為日本海的全盛時期是我出生前的昭和七、八年（一九三二、一九三三年）前後，等我們開始談論日本海時，他已經是個傳說了。）

在少年時代，我會對這個如遊俠般的業餘相撲力士感興趣，首先是因為他的名字。

我心想，「為什麼他不叫太平洋，要叫日本海呢？」太平洋明明就是遠比日本海壯闊的汪洋啊！

不過，這個疑問在我上中學後獨自到津輕半島旅行時，似乎已經解開謎底。

只要曾經站在烏雲密布的海峽邊眺望過大海的人一定會明白。日本海的冬天宛如地獄。那是一片瀰漫著悲傷與憤怒的反叛之海。

（當時青森有個講話結巴又怕生的少年，竟然跳進冬天的日本海自殺。

---

③ 大之里萬助，一八九二～一九三八，生於青森縣。

④ 鏡岩善四郎，一九〇二～一九五〇，另有綽號「相撲界的菊池寬」。

這是因為出身窮鄉僻壤、被歧視的少年們，在人生開始之前就喪失了自信而造成的悲劇。）

據說日本海身高不到五尺五寸，以相撲力士而言算是小個子。他似乎還是個對社會主義感興趣的「後街政治家」。他死於戰後，但是死法相當具戲劇性，是被黑道用切魚菜刀刺死的。他受到長期牽涉是非紛擾的當地角頭大哥款待，宴席間完全失去警戒，在從廁所裡出來時，突然被人用殺魚刀刺死。

這件事發生在昭和二十一年（一九四六年），已經是戰後。之後，業餘相撲的人氣每況愈下，現在的少年們已經不再憧憬鄉下力士。

現代相撲已經大型化，如果身高沒有個一百七、八十公分以上，就別想挑戰相撲的三個高位頭銜⑤。

現在已經很少聽到「小個子把大隻佬摔出圈外」，肉體文明已經一點一點地開始扎根。

小個子橫綱櫪之海雖然也與日本海相同是青森出身，現在已經變得一點也不強。

小個子日本人代替我們打敗龐然大物的電視劇，應該不會再出現了吧？

雖然不是石川啄木作的短歌：

龐然巨體令人憎
迎面而立
陳言之際

只有在這首短歌中，小個子相撲力士的粉絲們，才存在足以安慰自己的世界吧？或許真是如此。因為——

為了讓小個子戰勝大隻佬，存在著一條「小個子必須比巨漢更『不幸』」的鐵則。

在一較勝負的世界裡，最強大的武器就是「不幸」。這是從「非勝不可」的能量中蘊生的力量。

⑤ 意指大關、關脇、小結三個相撲力士階級。現在也包含最頂點的橫綱。

同時，在日本海的時代裡確實有這條法則。至少，日本海有著不可能成為媒體寵兒的次等人的「不幸」；對自身東北人情結懊惱的「不幸」；對自己身材矮小的「不幸」；對他信奉的政治意識形態總是反體制的「不幸」。

而這些就是日本海的強處，也是同時代的我們的力量。

但是櫪之海的情況不同。

他是幸福的家庭劇時代的成功者（至少在成為橫綱之前，他的貧寒出身或許就成為了他的武器。但是在成為人人稱羨、稱霸天下的橫綱後，他沒有更高的理想，被逼到只能維持現狀的立場）。

太早獲得人生幸福的櫪海，以及至死都無法上檯面的日本海。

從這兩個「海」的差異中，我感受到我們所處時代對勝負如此嚴苛的理想。說來蒼涼，在我們的時代，已經不需要櫪之海了。

再見了，櫪之海。

然後是第二個日本海，快出現吧！

然而，日本海有一個遺孤。

他在青森，用父親的相撲名號「日本海」開了一家壽司店。

「什麼時候開這家店的？」

被我一問，他像是繼承了父親反抗血統的第二代般答道：

「就是甘迺迪[⑥]被殺的那天啊。」

語畢，呵呵地笑了。

⑥ 約翰・甘迺迪（John Fitzgerald Kennedy），一九一七～一九六三，通稱ＪＦＫ，美國第三十五任總統，也是史上第四位遇刺身亡的美國總統。

栗富士今何在

我媽媽有兩個名字。

一個是「初」，另一個是「秀子」。

我原本不知道，小學時代某天，看到放在桌書抽屜裡的戶籍謄本，才發現她有「初」這個名字。我開始懷疑自己是養子，一個人煩惱不已。

當時，因為我很愛讀西條八十[1]的純情詩集，有一天夜裡突然醒來，我望著母親的睡臉，心想：「如果這個人不是我媽媽，那我的親生母親在哪裡？」臥床傾聽津輕海峽的潮聲，獨自心痛不已。

但之後總算得知「初」是母親的本名，因為覺得太土氣而改成秀子。但與其因此安心，毋寧感到些許失望。

「現實人生是無法像純情詩集那樣浪漫啊。」我心想。

當時，我臉上已經長出青春痘，兩腳的腳踝看起來也有點像大人了。

但是，媽媽改名這件事，膨脹成對我而言極為重要的問題。「改名」顯示了「改變身分」的願望，窺見「到世間另一個地方」的心情。

如果生活在一個親子和樂的幸福家庭，某天突然有人說出：

「我想改名。」

其他家庭成員肯定會想問這個人有什麼不滿。

而且，如果這個人沒有任何理由，應該會被阻止：「別做這種事。」至少，改名被認為是不幸者才會做的事，是為了「逃離自己」的方法之一。

這件陳年往事之所以長存腦海之中，並不是因為劣酒醉人，也不是點唱機裡西田佐知子的感傷歌聲所致。

都是賽馬場一百五十萬圓級的那場無聊賽事害的。

三月二十六日，在新宿的酒吧。

我拒絕了地下賭場的阿新推銷給我的第十二場賽事的地下馬票，專程到賽馬場買押注丸時王的馬票。

「丸時王是時之子的幼駒，也就是時皇后的弟弟啊。」

① 一八九二～一九七〇，日本詩人、作詞家、法語文學家，和北原白秋、野口雨情並稱三大童謠詩人。

我說。

「很清楚是厲害的血統。

但是，那匹人氣足以和牠匹敵的菅谷譽，是個無名小卒。」

然後，人們認定丸時王能擊敗菅谷譽的根據，不過就是一廂情願的優良血統。

實際上比賽開始後，當跑過第三彎道進入第四彎道時，只剩下丸時王與菅谷譽的對決。

結果在直線賽段，丸時王脫穎而出，超越菅谷譽四馬身獲勝。我和其他人都小賺一票。

到這裡為止都還不錯，但是我突然開始懷疑，真的有一匹叫年藤的母馬嗎？

（例如目白菩薩的母系祖先中，有一匹叫橫濱的馬，並沒有血統證書，是一匹無法證實是否為純血馬的謎一般的馬。搞不好那匹叫年藤的馬，過去或許也曾經是匹名馬。）

因此，我立刻趕回家中，抽出賽馬年表一看，完全沒有「年藤」這匹馬的出賽紀錄。

我覺得很奇怪，在查閱「血統系譜」之下，發現出乎意料的內容。

「年藤→栗富士改名（德比優勝母馬）。」

只要是馬迷，都不可能忘記的栗富士，為什麼要改名「年藤」呢？像栗富士這般幸福的馬，難道也有「必須改頭換面」的原因嗎？我實在想不透。

然而，賽馬轉為繁殖用馬後，改名的情形不在少數。

雖然沒有《尋母三千里》這種劇情，但我曾聽過一名白富士的馬迷，一直期盼有朝一日看到白富士的幼駒出賽後，就要金盆洗手戒賭。

這個男人說：

「一旦白富士的孩子出賽，我一定買十萬圓馬票，無論輸贏都要停止賭馬。」

在酒吧與他不期而遇時，他已經爛醉。傷感地道出對白富士的回憶後，他說：

「我的賭馬始於白富士，也終於白富士。」

這時我告訴他，「白富士的孩子現在經常出賽吔。」

聽我一說，他的表情頓時醉意全消，問我：「那匹馬叫什麼名字？」

「叫做大海啊。」

我回答。

「大海？那不是凱迪拉克的孩子嗎？」

他說。

「凱迪拉克是白富士改名啊。」

我說。

這下男人臉色鐵青怒道：「那傢伙竟然騙我！」

將玻璃杯重重摔上吧檯。

根據日本《賽馬法》第九條第二款「輕種馬登錄規定」，「曾於中央賽馬辦理馬名登錄者，沿用該馬名。未辦理馬名登錄者，使用預備登錄馬名。」

然而還有一條但書：「於認定具特別事由時，不在此限。」結果，這個「特別事由」開始浮濫，改名的母馬日增。

但是，這些母馬又不是拋家棄子和野男人私奔的母親，將栗富士、白富士改名的「特別事由」究竟何在？

馬的名字不屬於馬主，而是屬於馬自己，也屬於馬迷。

我只是希望不要搞得像離家出走的不幸女人，被迫要隱姓埋名。

在地方賽馬也有相同的情況。地方賽馬規定：「馬主變更時，馬名亦可隨之變更。」

這就像東京大劇場的花旦歌手，落魄淪為地方藝人時，隱姓埋名把「飛鳥」改成「榮光山」——還是諧音「榮光慘」？或是「鐵之王」變成「鐵龍」。

然而，無論如何落魄，母親就是母親，栗富士也仍然是栗富士。

我希望《賽馬法》能修法，創造出絕不讓馬「變名」的幸福環境。

屠宰場的英雄

我去過芝浦屠宰場。

我看到即將被宰殺成馬肉的馬。

這些馬都知道自己死亡的宿命，滿臉悲戚。

九歲、十歲的老馬（或許也有將近二十歲的）被拴在昏暗的小屋裡，排隊等死。

比起那些和牠們相同世代，在中央賽馬會所屬馬廄裡的溫暖稻草堆上過著榮光歲月的馬比起來，我無法不認為屠宰場這些馬是多麼「不幸」。

究竟，牠們犯了什麼罪？

牠們恐怕連任何「馬社會」的戒律都沒違反過吧。

閃爍的流星
燒向北方去
不管你叫啥名字

攏是網走[1]番外地[2]

這是高倉健唱的歌曲〈網走番外地〉。

少年時代，我經常隔著監獄的混凝土牆，向網走監獄內窺探。

監獄內不幸的重罪刑犯們，在日照處讀書，或傳接棒球。

我問父親：「那些人都會被處死嗎？」

父親笑了。「在這裡的人，都沒被判死刑。」

他告訴我。

北國的冬季，天黑得早。

冬雪像是要淨化他們的罪，染白了監獄的圍牆和屋頂。

在我年幼的心靈裡，只要想到那些犯人的未來，就獨自心痛。

在《聖經》的《約伯記》有一章提到「**盜賊黑夜挖窟窿**」，說：

① 網走市位於日本北海道東部，於一八九〇設置釧路集治監獄網走分監和網走外役所（現在的網走監獄的前身）。

② 一九六五年日本電影《網走番外地》主題曲，由電影主角高倉健演唱。

白日躲藏，
並不認識光明。
他們看早晨如幽暗，
因爲他們曉得幽暗的驚駭。[3]

只要有審判，罪人就會受罰。
當然，也有人會被處死。
然而，人類不會被吃掉。即便是殺死男童吉展的犯人小原保[4]，被執行死刑後也得到厚葬。
這樣的待遇，與被稱作櫻肉、和味噌一起被丟入鍋中咕嚕咕嚕烹煮的食用馬比起來，大相徑庭。
但即便是那些要被做成肉品的馬，或許也有另一種「人生」在等著牠們。
三月底在馬事公苑[5]舉行的東都學生馬術大賽中，一匹跳越大障礙奪得優勝的馬「幸早」，有一個祕密。

這是只有擔任騎手的農工大學的尾崎徹，以及他的幾個朋友才知道的祕密。

但是知道祕密的這些人，只要想起幸早坎坷的命運，便會沉浸在深刻的感激裡。

事實上，這匹叫幸早的馬，本來是在芝浦屠宰場等著被宰殺成肉品的馬。

五年前的昭和三十七（一九六二年）十二月三十一日，東京農工大學的馬術社社員來到芝浦屠宰場。

接著，一匹馬在即將被做成馬肉的前一刻，獲得拯救。

因為是差點要被殺死的馬，因此在「多福多幸」「早日幸福」的想法下，將牠命名為幸早號。

然而，就因為是這樣的馬，不但不清楚牠的年齡，出身，經歷也完全不了解。除了確知牠曾是農耕馬之外，無從辨識牠是阿拉伯馬還是輕半混血馬。

---

③ 約伯記24:46-17。

④ 一九六三年四歲男童村越吉展遭三十歲男子小原保綁架勒贖未遂撕票的刑事案件，為日本戰後最嚴重的綁架刑案，也促成日本新聞界對綁架案報導方式的自律規範。

⑤ 位於日本東京都世田谷區上用賀的公園，由日本中央競馬會管理，主要用於推廣馬術事務。

（事情發生在十二月三十一日這點也很有趣。如果當時已經過了年，這匹幸早應該早就變成每一百克賣不到一百日圓的肉塊了吧。）

貧窮出身的農工大學馬術社買了這匹便宜的馬，只靠著學生開始調教牠。他們的座右銘是「愛護牠」「不勉強牠」「不讓牠受傷」和「每天騎牠」。於是，這匹農耕馬出身的馬，不知道是不是要「報答救命之恩」，讓人刮目相看般地成長。

隔年牠開始參賽後，相繼名列前茅，最終在這次比賽奪冠。

只靠著學生，在翠綠的草地上，對於這匹差一點點就變成馬肉的馬，依照「不讓牠受傷」「不勉強牠」等方針加以調教，是一段非常有畫面的插曲。

搞不好這匹馬，過去說不定曾是中央賽馬的明星。

（例如那匹名為「快走」的日本德比冠軍馬，如果還活著應該已經二十四歲，但牠在終戰的紛亂中行蹤不明。）

有人說，「快走」在鄉下的農村拉車，垂涎怨恨不幸的時代；也有人說牠已經變成郊區食堂裡丼飯的肉，被人吃掉。每當聽到這些話，我禁不住要為那些不是「幸早」而是「幸無」，被幸運拋棄的馬兒們感到悲哀。事實上，「快走」的馬主有松鐵三以及調教師鈴木甚吉，都已經死去，現在已經沒有還記得快走的證人。

我想起那天在芝浦屠宰場目睹的情景。

誰能斷言，在那裡等著被宰殺成食用肉的馬兒中，沒有無法終老的昔日賽馬英雄？同時，誰又能斷言，並非出身優良血統，不受期待的輕半混血農耕馬中，沒有潛藏賽馬天賦才能的馬？

我有一本燙金字皮革封面的《純血馬血統一覽》。根據這本書，從每匹馬的父系、母系歷代祖先的馬名到獲得的榮銜，都能詳細得知。

這樣的內容，甚至能追溯到幾百年前。

但是就我而言，我連自己父親的長相都記不清楚（不用說，也沒辦法像記得賽馬生涯累計獎金總額一樣，算出父親一生月薪的總和）。

我不是出身名門或士族，祖父之前的血統完全不清楚。

同時，母親由於是非婚生子女，在確認親子關係之前就被人領養，對生母的姓名和樣貌也不得而知。

說到我對父親的記憶，差不多就是手槍。

父親是青森的刑警，到我五歲為止都還活著。

他上衣的內袋裡總是藏著那把槍。

我曾經指著下雪的天空，要求他：「射老鷹給我看。」
結果父親說：「射不到老鷹。」
我又說：「那你是為了射什麼要一直帶著槍？」
父親表情略顯尷尬。「其實，是拿來射人的。」他答道。
雖然我已經忘了父親的相貌，但從來沒有忘記他告訴我「是拿來射人的」這件事。
究竟，被他射到的是什麼樣的人？
我從一塊馬肉的榮耀中，感受到生於貧困者的復仇。
靠著優良血脈和名門出身而受惠的現象，並非只存在於純血賽馬的世界，我們的社會也一樣。
然而，血脈的問題多半如宿命一般，無論如何也無法靠本人的力量改變。在輕半混血馬首次出賽時，我一定會如奉上祝賀禮金般大力押注。
同時，如瑪麗蓮・夢露般「輕半混血」出身的明星身上，我能感受到無法言喻的親切。
說不定，現在的芝浦屠宰場裡，還有著因為出身貧困，即使擁有天賦才能卻只能等待被宰殺成馬肉的馬。只要想到這點，我就覺得心痛。
諸君，從今天開始，不要再吃馬肉了！

棒球少年悲歌

少年時代，我吹過口琴。
因為羞於怕被人看見，經常在廁所裡吹。吹奏的總是唯一一首曲子。
〈誰能不思鄉〉[1]這首曲子。
「你真是個怪孩子。」
我姑姑說。
「吹什麼〈誰能不思鄉〉？你不就住在故鄉嗎？」
這首歌多半是離鄉背井的人唱的。

遠方呼喚著的是誰的聲音

① 〈誰か故郷を想わざる〉，一九四〇年發表的戰時歌謠，西條八十作詞、古賀政男作曲，因大受歡迎還被改編成同名電影。

青梅竹馬的夢境　這般夢境
啊，誰能不思鄉

姑姑教我這些歌詞。

但是，不知為何，我還是沒辦法不吹這首曲子。

我想：

「自己現在住的這座名為青森的城市，就是在嬰兒時期被收養帶來的地方吧？」

我想。

「那麼，在這個世界的某處，一定有我真正的故鄉不是嗎？」

從高中廁所的高窗，仰望著彷彿要滲透到眼中一般，八甲田山的藍天，我想像著還沒見過的故鄉，不停地吹奏這首曲子。在吹奏之際，我的胸口熱血沸騰，完全從女同學的纖腰和各種關於性的種種妄想，以及托洛茨基、愛德華・霍列特・卡爾②之類的政治書中解放，感覺像孩子般逐漸清空。

之後，在整理屋頂下方的閣樓時，在放著舊式立領學生服與日記的蘋果箱底，這把口琴和一包被包巾裹住的破銅爛鐵一起被翻出來。我憶往之情頓起，很想再吹吹看。

但是口琴已經完全生鏽，看了就不想吹。而且吹嘴的孔裡還夾著一個像金屬塊的東西。

仔細一看，那個夾在裡面的東西，是個比圖釘大一點的徽章。

我稍微思考了一下，終於想起來那是什麼。

那是「少年巨人隊[3]之會」的胸章。

在少年時代，我是巨人隊球迷。

只要與當時巨人隊有關的事情，我可是相當博學。昭和二十五年（一九五〇）左右的巨人隊，三原[4]和水原[5]都在陣中。三原擔任總監督，水原是總教練[6]。

② Edward Hallett "Ted" Carr（一般簡稱 E.H. Carr），一八九二～一九八二，英國歷史學家、外交官、記者和國際關係學者。卡爾為國際關係中古典現實主義理論的奠基者之一。

③ 讀賣巨人隊（読売ジャイアンツ／巨人軍），是隸屬日本職棒聯盟旗下中央聯盟的職業棒球隊，成立於一九三四年，是日本現存十二球團中歷史最悠久的職棒球團。

④ 三原脩，一九一一～一九八四，曾為日本職棒巨人軍選手，引退後陸續出任讀賣巨人、西鐵獅、大洋鯨隊、大阪近鐵野牛、益力多Atoms的總教練，並曾擔任日本火腿鬥士隊的社長兼球團代表。

⑤ 水原茂，一九〇九～一九八二，曾為日本職棒巨人軍選手，引退後陸續出任讀賣巨人、東映飛人、中日龍隊的總教練，曾任棒球解說員與評論家。

⑥ 三原與水原從大學時期就是競爭對手，曾被比喻為宮本武藏與佐佐木小次郎。水原加入巨人隊時，時任監督的三原刻意冷落不予重用，因此引起支持水原的選手們不滿群起抵制，之後巨人球團任命三原為「總監督」（地位比總教練還高的總教練）、水原為監督（總教練），由水原指揮球隊作戰。三原地位看似崇高但沒有實權，反被球團冷凍。

投手有火球別所[7]、滑球藤本[8]、左投中尾[9]，捕手則有藤原阿鐵[10]和馬面內堀保[11]。另外還有猛牛千葉[12]、紅棒川上[13]、從阪急復歸的青田昇[14]、後來改姓萩原的吳姓[15]台灣人[16]、三壘手山川[17]、牆邊魔術師平山菊二[18]等人，都陣列在前。

我把少年時代的英雄夢，全部寄託這群「巨人」之上。

然而，與其他的世界一樣，棒球界也有「後巷」。

昨天，我在飛機上讀到的體育報紙報導中，看見活生生被夢想背叛的棒球少年悲歌。這個事件，在華麗揭開序幕的職棒熱潮背後，只是微不足道的小插曲。

而且，這是一件如同「若要為之感傷則不管有多少顆心臟都不夠用」一般，「司空見慣」的小事。

【契約選手公告】▼南海鷹隊投手杉浦忠[19]（三十歲）。身高一七六公分，體重七十一公斤，右投右打，立教大學畢，背號21。

又，難波孝將投手成為任意引退[20]選手。

⑦ 別所毅彥，一九二二～一九九九，前日本職棒投手、教練、總教練、野球評論員，生涯累計三一〇勝一七八敗。

⑧ 藤本英雄，一九一八～一九九七，前韓裔日本職棒投手，曾締造日本職棒史上第一次完全比賽，生涯累計二〇〇勝八七敗，生涯防禦率一・九〇為日本職棒紀錄。

⑨ 中尾碩志，一九一九～一九七七，前日本職棒投手、教練，生涯累計二〇九勝一二七敗。

⑩ 藤原鐵之助，一九二四～二〇〇二，前日本職棒捕手。

⑪ 內堀保，一九一七～一九九七，前日本職棒捕手。

⑫ 千葉茂，一九一九～二〇〇二，前日本職棒內野手、教練、總教練、解說員、評論家。

⑬ 川上哲治，一九二〇～二〇一三年，前日本職棒內野手兼投手、教練、總教練、解說員、評論家，日本職棒史上首位生涯累積二千安打的選手，被稱為打擊之神。出任巨人隊總教練期間，率領王貞治、長嶋茂雄等名將創下日本職棒史無前例的九連霸紀錄。

⑭ 青田昇，一九二四～一九九七，前日本職棒外野手、教練、總教練、解說員、評論家。

⑮ 萩原寬，一九二三～一九九七，原名吳新亨，嘉義朴子人，嘉義農林棒球隊第三代球員，前日本職棒外野手、裁判。

⑯ 原文為「中國人」，因成書當時日本與自稱代表全中國的中華民國尚有正式邦交。

⑰ 山川武範，一九二二～一九八一，前日本職棒內野手。

⑱ 平山菊二，一九一八～一九九八，前日本職棒外野手（專守左外野），因經常爬上外野全壘打牆接殺可能成為全壘打的球而被稱為「牆邊魔術師」（塀際の魔術師）。

⑲ 杉浦忠，一九三五～二〇〇一，前日本職棒投手、教練、總教練、解說員、評論家，生涯累計一八七勝一〇六敗，為日本職棒史上第五位投手五冠王得主，被稱為「史上最強下勾投手」。

⑳ 日本職棒球員向球團提出引退要求而離隊、退休，再由球團向聯盟提出申請，待聯盟審核通過後，公告任意引退選手，自此選手與球團之契約解除。

——主角就是這位名為難波孝將的十八歲少年。

他在十六歲時成為職棒選手，是開洋服店（修改舊衣）的益永的兒子。

由於家境清貧，母親滋乃在醫院當送餐員。

難波孝將初中畢業就進了大阪造船廠，但因為不願意去實習所而辭職，接受南海隊的入隊測試後合格。

瞬間成為年薪一萬一千日圓的「職棒新人」。

一七八公分、七十五公斤的體格，足以讓南海鷹隊寄予厚望。

入隊第二年的今年，他以投手身分，登錄為南海鷹隊選手名單的最後一個名額，年薪躍升為四萬日圓。

他被放入南海隊五十名選手名單，穿上制服，在春訓打擊練習中登板投球。

他向在醫院當送餐員的母親報喜。

迄今為止，「是我一生中最好的春天」。

然而，某天球隊突然做出「杉浦歸隊」的決定。因為熱身賽中南海隊投手群表現不振，而杉浦本人也尋回自信——或許是這些因素的累積，使球團決定讓杉浦歸隊。

姑且不論「登板投球日期尚未確定」，但球團已經決定不僅讓杉浦擔任教練，還要

「將他登錄為選手」。

一旦杉浦歸隊，球季開幕前已被登錄的五十名選手中，必須有人被撤銷登錄。

「契約選手限額」是從今年開始（根據大每獵戶座隊老闆永田雅一的提議）實施的規定。

心中充滿希望的難波被球團叫去。

然後被告知：

「因為杉浦要回來，就用不到你了。明天開始你負責管理球具！」

這個單純的人事數字（五十加一、五十減一），瞬間粉碎棒球少年的夢想。

那份體育報紙的記者強烈抨擊選手限額制度。即便省下兩、三個難波少年等級球員的人事費用（旅費和餐費），還夠不上明星選手出賽酬勞的百分之三。

這就是棒球商人假借「合理化」之名，如「商品」般買賣、轉讓人口的非人道行為。

讀著這份體育報紙，我完全認同這個觀點。

然後，對一個「滿心歡喜期待球季」的正式登錄選手，明明沒有搞砸任何事情，也還沒上場比賽，卻被喝令「用不到你了，去管理球具！」在這樣的機構裡，（反倒是）能感受到無法現代化的商業棒球的矛盾。

「和平牌香菸」一盒只能裝十支菸。沒有能裝第十一支菸的盒子。然而，人不是和平牌香菸。不是能夠簡單地塞進、抽出、儲存的物品。

日本職棒聯盟的會長，儘管能夠開除一個無名選手，但不可能開除那個少年的夢想。即使為了經營合理化，將（今年球季被解僱的一百二十名）選手從板凳上趕走，他們的夢想現在還緊緊攀附在板凳上，仍然持續夢想著另一個故鄉、另一個棒球的理想，這是不可能被驅散的。

遠方呼喚著的是誰的聲音
青梅竹馬的夢境　這般夢境
啊，誰能不思鄉

虛擬擊倒比賽之卷

我喜歡法蘭克・辛納屈。只要聽到辛納屈唱出〈Only is lonely〉（唯一就是孤寂）①，都會不覺胸口一緊，泫然欲泣。

這是因為，我想起了十五、六年前的母親。

我的母親雖然不是「Only」②，但她確實在美軍軍營工作。

她偶爾會在深夜晚歸，在確認過當時還是小學生的我的睡臉後，兀自照著鏡子。

在她那中年臉龐的皺紋上，白色粉底稀疏零落，絕對說不上是「漂亮」，但母親就是

---

① 此為依作者原文「オンリーはロンリーだ」直譯，但實為作者誤植歌詞，並誤解歌曲原意。法蘭克・辛納屈於一九五八年錄製了《法蘭克・辛納屈歌頌孤寂》（Frank Sinatra Sings for Only the Lonely）專輯，其中收錄了名為〈唯有孤寂〉（Only the Lonely）的歌曲，歌詞中多次出現「only the lonely」（唯有孤寂），但沒有作者寫的「唯一就是孤寂」（only is lonely）。因此作者在之後對於「only」與「lonely」之間關係的行文，其實出自對歌詞的誤解。本書旨在表述作者的思想，故仍忠實翻譯作者對歌詞的誤認與誤植。

② 此處係指二次大戰後，以特定美軍上級將校等軍官或外國人為對象的性工作者，被當時的日本社會以外來語稱之為「Only」（有專屬之意）。

喜歡照鏡子。

在三澤市[3]街上的廉價公寓。

公寓樓梯正下方的房間裡，母親用破英語唱起辛納屈的歌：

Only is lonely, Only is lonely…

（唯一就是孤寂，

唯一就是孤寂……）

然而比唯一更加孤獨的，大概是連Only都當不了的女人吧。不知為何，母親總給我流淚的感覺。

那段時間，我想當個拳擊手，剛投師到美軍訓練基地的拳館。

之前我是熱衷集郵的靦腆少年，希望長大以後能成為優秀的飛碟射擊的名人。

然而，在向基地附近爵士樂隊視障鋼琴師借來法蘭克・辛納屈傳記後，成為改變我人生觀的契機。

我貪婪地讀著辛納屈的傳記。

辛納屈出生在新澤西州的貧民區，一家人是來自西西里島的移民，父親似乎是雛量級的拳擊手。

但他退休後開了一家小酒吧，一早就開始酗酒，少年辛納屈得不到他的關心。

教會辛納屈「偷腥」、彈奏烏克麗麗、打拳擊的，是名為多明尼克・卡拉貝朗藍迪的叔叔。

其實，剛開始練拳時，我的心情與辛納屈有不少相似的地方。我父親是警察，在我五歲的時候入伍，從此一去不回。從事特種行業的母親也沒有關心過我。我跟幾個同伴結夥成「小流氓」，以後街的運動用具店和書店為攻擊目標，經常偷了東西後拚老命逃走。

拳擊則是（和辛納屈一樣）練不上去，技巧沒學到，犯規動作倒是會了不少。

用拇指戳對手眼睛讓他閉眼，在對手驚呆瞬間近身攻擊的「戳指」（thumbing）；或是用頭部反復磨蹭對手的臉，比拳頭攻擊更有效果的「頭槌」（head brush）。

對於沒有雙親關愛的我而言，比起比賽的技術，這些招式無疑更讓我認為是處世的智慧。

③ 位於青森縣東部，也是駐日美軍與日本航空自衛隊進駐的三澤空軍基地所在地。

事實上，在戰後秩序混亂時期，沒有戰略是不可能活下去的。

然而——辛納屈還有音樂，但我沒有。這個差異非常重要。

我用虛擬填補無法與音樂為友的不足。

我無時無刻不在虛擬。

我自傲地對朋友說：

「我是個虛擬流浪漢。」

這種性格現在還留在我身上，絲毫不減。我常在酒吧的角落分析賽馬或拳擊的「虛擬比賽」實況。

那些都毫無根據地植基於我的主觀判斷，但是醉醺醺的同伴們，似乎都聽得很開心。

「怎樣？」

我問。

「要不要聽我講 Fighting 原田④和櫻井孝雄⑤的拳賽？」

陪酒女侍愛美吃驚地看著我的臉。

「這場比賽，什麼時候比啊？」

「那個喔，」我笑說。「我也不知道比不比。不過，職業世界拳王和業餘世界拳王對決一定很有趣，不是很值得虛擬一下嗎？」

酒吧快打烊了，店裡沒有別的客人。天皇賞賽馬快到了，門外卻在下雨。

櫻井孝雄轉入職業後一直保持不敗。

而且最近他拳力驟增，KO了墨西哥的英雄皮門泰爾，人氣空前絕頂。

據說有人走進一家理髮店，聽到店裡七個客人中有六個都在談論櫻井有多強。特別是他曾經被批評「體力不足」的弱點完全消失，加上他在東京奧運會上表現出的華麗拳技也更加精湛。

再看原田，勉強擊退喬夫雷⑥的再度挑戰，死守著世界拳王寶座。

雖然他已經無法再使出當年KO泰國拳王蓬金鐵⑦的猛攻，但他的突襲左勾拳，以及針對接近戰對手使用的反擊拳，仍然令人大為滿足。

④ 原田政彥，一九四三年生於東京世田谷，前拳擊手。雛量級世界拳王。
⑤ 一九四一～二〇一二，一九六四年東京奧運獲得雛量級金牌。
⑥ Joseph William Frazier，一九四四～二〇一一，綽號冒煙喬（Smokin' Joe），前世界重量級拳擊冠軍。
⑦ โผน กิ่งเพชร，一九三五～一九八二，為泰國第一位拳擊世界冠軍。

賽前就被評論為「今年最棒的人氣組合」，預售票開賣兩小時就銷售一空。

大多數預測為「櫻井的技巧與原田的重擊」。但據說櫻井誇口說：「原田兄的拳頭應該不像大家講的那麼厲害啦。」而對手原田也說：「我討厭業餘出身的拳擊手，這次比賽要讓他見識職業拳擊手的實力。」充滿自信回嗆。

原本預測是六比四原田占優勢。然而隨著櫻井傳出狀態絕佳（特別是在公開練習時打暈陪練拳擊手），預測完全打平成五五波。

比賽當天，不用說現場座無虛席，有裝電視的喫茶店也門庭若市。比賽從第一回合開始就白熱化。

鐘聲響起，櫻井就衝刺而出發動奇襲。原田雖然一瞬間被這種速度震懾，但隨即衝向前應戰。比賽開始不到一分鐘，兩個人就在擂台中央上演激烈的互毆。

第一回後半兩分鐘剛過之際，雙方才安定下來以刺拳互攻（這回合得分，主審高田是五：五，副審鮑伯五：五；遠山則是原田五：四領先櫻井）。

進入第二回合，這次是原田上前一步，攻擊櫻井的眼窩。

櫻井驚險避過，開始像個舞蹈老師般在擂台跳動。此時，兩人拉開距離互相以刺拳試探。

櫻井驟然前衝，企圖直拳攻擊原田腹部，原田步履蹣跚之際對準櫻井太陽穴猛擊。櫻井下意識倒退兩、三步，原田緊追而上追加第二、第三擊。

真是一場不來勁的比賽，才進行到第二回合一分十七秒，原田就把櫻井KO了。

理所當然啦，我說。

「櫻井還沒辦法打倒原田，因為他沒有飢渴的經驗。

沒有感受過飢渴的拳擊手，註定無法擊倒世界拳王。」

天皇賞賽馬當天

和一輩子沒看過賽馬的朋友塚本邦雄[1]，在晚上九點約好去看天皇賞賽馬。因為到隔天早上還有時間，所以我就先在飯店洗澡。

這時電話響了。我拿起來一聽，不是女人打來的，而是個自稱賭博師，叫做山形的男人。

「我們現在要打牌，有空的話要不要來玩啊？」

我的床上就攤放著撲克牌，因為之前覺得太無聊，所以幫自己算命。可是，澡都洗好了，不想去打牌，拒絕他之後，就一個人上街去。

走進一家常去的酒吧，在角落坐下後，就看見年輕調酒師和客人正在用打火機打賭。

「連續十次打開這個打火機的蓋子，看是不是十次都能點火？」

他們賭這個。

自信滿滿拿出打火機的，是店裡十八、九歲、理了個美國大兵頭的調酒師；與他對賭的，是穿著舊西裝的中年男子。

我想起了羅爾德・達爾[2]寫的短篇小說《南方來的人》[3]。

這篇殘酷的小說描寫一個身材矮小的男子，一輩子好賭，輸光全部財產變得一文不名，然而即便如此，他還是無法戒賭，還把自己的手指一根根拿來賭。這個中年「大叔」，就很像這樣。

我請他喝一杯約翰走路黑牌，一問之下，他兩眼惺忪地說自己的職業是「賭博」。而且，他不是去真正的賭場，而是跟陌生人賭汽車車牌號或是彈珠台。從遊藝場的吃角子老虎和傾斜彈珠盤，到偶然經過一台電視的頻道都可以拿來賭，讓我大吃一驚。我跟他聊以前讀過的賭博書。

「W・麥肯奇在《賭博倫理說》書中提到，賭博包含了贈與、交換、竊奪的分子，而且彼此類似。」

我說。

說完，「大叔」說：「說賭博是下屬送禮給上司，一無所有者竊奪所有者，這倫理根

---

① 一九二〇～二〇〇五，日本詩人、評論家、小說家、歌人。與寺山修司、岡井隆並稱「前衛短歌三雄」。

② Roald Dahl，一九一六～一九九〇，英國兒童文學作家、劇作家、小說家，曾任英國皇家空軍飛行員、駐外情報官。著名作品有《查理與巧克力工廠》（Charlie and the Chocolate Factory）、《瑪蒂達》（Matilda）。

③《Man from the South》，最初於一九四八年發表。

本就顛倒是非。

自由賭博不是很好嗎？」

他笑說。

我跟這位「大叔」在大阪的酒吧一家接一家喝到天亮。有一家掛滿了賽馬照片、騎師服和各種馬玩具，名叫「馬」的狹小（小到讓人覺得像無照營業）的酒吧。

然後再去一家名叫「墳場」，排列著許多電影明星和政治家的牌位，奇怪又蒼白的酒吧。邊跑酒吧，我邊與「大叔」針對賭博，進行針鋒相對的議論。

「如果不能賭光自己的人生，就稱不上真正的賭徒哩。」

「大叔」說道，把頭上的中折帽壓低到快遮住眼睛。

「為一張牌投入自己的一輩子，這樣的賭徒實在不行。」

我反駁道。

第一，無法打扮的賭徒必輸，因為「人要衣裝嘛。」

所以，不管再怎麼精神崩潰、兩手空空，外表還是必須打扮整齊啊，我對「大叔」說。

去賽馬場看看就知道，那些賭贏馬票的人都是穿戴整齊的哩。

聽完我的話，「大叔」忿恨地說：

「輸掉的快感，也是賭博的樂趣之一啊。

也有討厭賭贏的人嘛。」

「但是，您覺得如何？」

我繼續套他的話。

您覺得這次天皇賞哪匹馬會贏？

「大叔」一聽，臉色一沉。「天皇不發獎金給人，反而給馬！」他說。

大叔預測「拱心石應該會甩開對手獲勝」之後，我們在清早的千日前路分道揚鑣。

分別時我才注意到，這位「大叔」似乎是拖著腿離開的。

然後，塚本邦雄和我到達位於淀的京都賽馬場時，已經是下午一點左右。

塚本邦雄是歌人。

羅密歐舶來品店的春裝青年假人模特兒沒有下半身……再會吧！青春。

他寫的是這類的現代和歌。

雖然他是以「沒有下半身……再會吧！青春」的感覺來掌握西服店男性假人模特兒，

但我不知道他的下半身活動是否旺盛。

不過，這是他這輩子第一次看賽馬，只顧著感到驚訝。主要比賽前，先進行一個「平安特別」的開場暖身賽。

「要不要賭一場看看？」

聽我一說，他說：「但是我什麼都不懂啊。」他起先有點躊躇，忽然——

「平安朝的話，『峰雪』『嶽嵐』這幾匹名字有《古今和歌集》氣氛的馬好像也不錯哩。」他說。

看了投注表上《賽馬新聞》報的資料，這場還有「禮讚王」這樣的人氣馬，塚本押注的馬券好像沒什麼勝算。

但即便如此，反正還有「初學者的好運」這種因素，所以就陪他下注。結果竟然是「嶽嵐」第一名、「峰雪」第二。我們用兩、三張馬票贏了四萬多日圓。

「運氣很好不是嗎？」

聽我這麼說，他道：「我覺得不舒服，不玩了。」

然後，天皇賞賽馬開始時，賽馬場的廁所裡變得空蕩蕩的。

因為大家都不想「拉掉運氣④」。我告訴在看台上不期而遇的新橋遊吉⑤：「今天就靠關東馬贏錢吧。」

一聽，他說道：「說什麼傻話！」

接著就開始倡議應該押注拱心石和戴柯塔兩匹馬的主張。

我的心情就像竹越紘子[6]唱的〈東京流浪者〉那樣。我認為，離鄉背井奮戰的遠征馬，在比賽中獲勝是理所當然的。

然而，那些大阪人反駁我，嘴裡不停叨唸著「拱心石」「拱心石」。

拱心石這個字眼，讓我想起週刊雜誌裡裸照內頁的〈拱心石特稿〉。拱心石是匹好馬，但今天派不上用場。「今天是東京的馬贏」，正如我的預測，比賽是由白瑞光和梅之力這兩匹關東馬分別奪下一、二名。賠率是十八倍。

混帳！一個大阪的私營賭馬人大吼。

「怎麼會有這種詐賭比賽？根本就是熊澤天皇賞[7]啦！」

聽著背後他的叫聲，我在思考怎麼用這筆獎金。

④日文的「運」（うん）和「大便」（うんこ）諧音。

⑤本名為馬庭胖，一九三三～二〇一八，出生大阪。小說家，一九六五年獲得第五十四回直木賞。

⑥竹越ひろ子，一九四一年生，大阪市出生。歌手。

⑦二戰日本投降後的盟軍占領日本時期，一位日本僧人和商人熊澤寬道自稱是日本皇位的正統繼承人，號稱大延天皇、熊澤天皇，甚至要求昭和天皇退位。

幫她買雙新鞋吧！

給那個新交往的女人也……想到這些，我整個想高呼「天皇萬歲」了。

今年真是好運道。

照這樣下去，幾場經典大賽看來都很有搞頭哩。

漂泊的郵票

在上諏訪看得到諏訪湖的小旅館裡，我跟旅館的男孩進行「無家可歸雜談」。

「沓掛時次郎[①]帶把短刀就去旅行，我則是只要有一枝鉛筆，哪裡都能去。」

男孩子笑道。

「用鉛筆也能砍人吧？」

他說。

「鉛筆砍不了人，語言倒是能殺人。」

我挾了塊盤裡的河魚料理說道。

「以前的賭徒用短刀刺人，而現代的英雄是用語言殺人。因為現在大家都只能藉由語言跟別人接觸。」

① 電影《沓掛時次郎》（くつかけときじろう）的主角。最先為長谷川伸於一九二八年發表的舞台劇劇本。

男孩一聽，表情有點奇怪。

他還沒有足以獨當一面、屬於自己的語言（思想）。

我有點得意。

「像我這樣寫寫詩、到處走走，或許可以說是『語言無家可歸』哩。」

上諏訪高原清澈的空氣、繁星閃爍的夜空，這樣的氛圍的確能使我開心起來。

一個人旅行真開心。

大山牧場位於山裡的高地，被放牧的賽馬在野地裡玩耍。

這一帶到目前都還沒有供電，在「小牧場」過著點油燈生活的，只有十二、三匹馬和四個牧童。

介紹這個牧場給我的，是船橋「地方賽馬」的森調教師。

我先報森先生的名字，接著說「請讓我看看剛生下來的幼駒」。於是，帶頭的牧童石川高興地帶著我，進入一個昏暗的小馬廄。

在那裡，母馬亞伯特皇后的腳邊，睡著一匹像瘦狗的幼駒。

石川吹了聲口哨，幼駒起身站在乾草堆上。

但是，與其說是站著，無疑是搖搖晃晃靠在母馬身上。

幼駒躲在重達五百二十公斤的母馬亞伯特皇后的影子裡，怯生生露出臉來的亞伯特二世，還看不出「賽馬血脈」的感覺。

像是個非常害羞的少年。

這座牧場，因為培育出名馬高天原而一舉成名。

曾經與來自歐洲名貴血統的馬同場競技，奔騰賽場的地方賽馬名馬高天原，是我最喜歡的馬之一。

高天原雖然已經不在這個牧場，但牠的姐姐霧峰還在。

據說霧峰是脾氣暴躁的馬，有時候還會咬人。

霧峰與公馬頂級計畫所生的三歲馬，與人類相當親近，只要我一吹口哨，就會從一百公尺外的草原，飄動著鬃毛飛奔而來。

躺在牧場廣闊的草地裡，跟幾匹小馬玩耍時，我似乎感到自己能想起許多快要遺忘的往事。

在馬兒們睡著之後，我爬上比馬廄還高的堆肥草堆，一邊彈著吉他，一邊跟牧童對話。

「你看那隻狗，是這個牧場養的嗎？」

我問。

牧童答道：「那是野狗喔。」

「那是以前這裡養的公狗，和野生的母狗交配生的。起初我們想在牧場養牠，結果，牠想念媽媽，就逃走了。之後，牠應該都是在山裡吃老鼠維生的吧，不過有時還會像這樣下山來。」

「那條母狗也一起來嗎？」

「不會吔。母狗一見到人就會躲起來，就像狼一樣。」邊聊著，我想起了傑克・倫敦[2]的小說《野性的呼喚》[3]。一隻家犬在冰天雪地的荒野上跋涉時，血液中的野性逐漸甦醒，最終變成狼，又回歸了山林……是這樣的小說。

過著這般樸素的生活，男人血液中的野性或許也會覺醒吧？然後，在都會生活中疲於奔命的上班族們，似乎也能取回迥異於現在的「男子氣概」。

望著這個十七、八歲牧童曬黑的側臉，我忽然產生一股「想在這裡暫住一陣」的感覺。

我喜歡「捨棄」任何事物。少年時代就曾丟下父母，一個人搭上奔逃的火車；長大之後則捨棄故鄉，還捨棄與女性伴侶的共同生活。我也覺得，旅行、說來也是「捨棄」風景吧。

看賽馬時，我之所以喜歡一開賽就領頭奔逃的馬，或許是從拱心石和日本皮羅艾斯這些馬的奔跑方式中，感受到牠們拋開馬群奔跑時的內疚。

只有一樣事物，是我會蒐集起來不丟掉的，那就是馬的郵票。

我的旅行箱的一側，總是放著十年來蒐集的兩百多種「馬的郵票」，只有這些郵票一直沒被丟掉。

例如一四九二年納粹德國的賽馬。這是棕絲帶大賽[4]與希特勒教育基金的單色印刷慈善郵票。還有聖馬利諾今年剛推出的彩色郵票，郵票上戴紅帽子的騎師正騎著馬迎風奔

② 約翰・格里菲斯・「傑克・倫敦」，錢尼，John Griffith "Jack London" Chaney，一八七六～一九一六，美國20世紀著名現實主義作家，作品多具有濃厚社會主義色彩。著名作品有：《野性的呼喚》《白牙》等。

③ 傑克・倫敦於一九〇三年發表，內容主要講述一隻名叫巴克的狗歷經艱險，最終終於回到自然環境的歷程。

④ 一九三四～一九四四年間，德國每年七月會於慕尼黑舉辦賽馬大賽，棕絲帶為其重要象徵。

馳。

無論是哪一張，都讓我想起很多戲劇性的場面。

我對於沒用過的郵票不感興趣，只喜歡用過的舊郵票。

比起欣賞那些舊郵票的印刷，我比較喜歡想像貼了那些郵票的信件內容。

而且，這樣用一張一張郵票地自己虛擬想像，就能排遣單獨旅行的寂寞。

我曾有過一個女人。

當時她在新宿後街的小酒吧工作。我在店裡喝酒，快打烊時就到外面去，拉起外套的領子站著等她。

等到她之後，我們一起回到公寓。

我們從不打聽對方的身世，就這麼一起生活了不到一年。某天晚上她突然沒回來。沒留下一封信，就毫無原因地「失蹤」。

試著回憶，想起她有顆淚痣。

她是北海道人，喜歡吃鹹的。過了兩年，她突然寄來一封道歉信，說她其實有個私生子，因為孩子突然生病而趕回故鄉。

我把那封信讀了兩次，立刻看穿她在說謊。信不是從北海道寄來的，郵票上蓋的是宮崎的郵戳。

不過，我把那張蓋著宮崎郵戳的郵票泡在水裡，完整從信封上剝除後保存起來。

那是一張紀念《賽馬法》立法，褐色的五圓郵票。

三分三十秒的賭博

一個犯人逃到邊境。

只要越過邊境就安全了。他走進邊境一家藥房，喝杯咖啡暫歇。

開門走出去的話，外面就是自由的天地。

喝完咖啡，他的目光忽然停在旁邊的點唱機上。

機器裡有讓他懷念的曲子。

他投進十分錢硬幣，傾聽那首曲子。

天空晴朗，邊境的空中鳥兒啼鳴。殺人搶來的錢，用來過日、玩樂一輩子應該都綽綽有餘吧。

他沉浸在內心深處的回憶，傾聽著那首曲子。

不久，曲子結束，他站了起來。

這時，拿著手銬的刑警，就站在他的身旁。

在自由已經近在眼前的時刻，他遭到逮捕，即將被送進再也看不到陽光的水泥高牆裡。

走到門前，他停下來問店裡的酒保：

「這首曲子有幾分鐘？」

酒保回答：

「三分半左右喔。」

這是我最喜歡的約翰・休斯頓[①]的電影《夜闌人未靜》[②]的最後一場戲。

犯人只休息了一張唱片的時間。三分三十秒如同一般人的片刻，卻讓自己賭上一生的大計畫化為泡影。

聽這張唱片的代價也太大了啊，看電影的觀眾會這麼想。

將三分半的長度與人生的長度比較看看，在這種徒勞的事情上花時間，到底是有多笨才會幹這種事……

① John Huston，一九〇六～一九八七，美國電影編劇、導演及演員。

②《The Asphalt Jungle》，一九五〇年的美國黑色電影，故事內容為在中西部某座城市發生的珠寶搶劫案。

但是，為什麼現在會懷念這麼老的電影呢？

是懷念演出這部電影的瑪麗蓮・夢露嗎？

當然也有啦。

然而，更重要的是，唱片一首曲子三分三十秒的時間，與即將來臨的德比賽馬有著很深的關係。

三年前，賽馬明瑞在德比花了三分二十八秒七跑完二千四百公尺的草地賽道。

（這是日本德比賽馬史上最高紀錄③。）

前年，伸山跑出稍慢一點的三分二十八秒八④；去年，拱心石在雨中的惡劣場地上跑出三分三十五秒五⑤。這些成績都相當於播放唱片一首曲子的長度。

法蘭克・辛納屈唱的〈芝加哥〉也差不多一樣長度。

做個人見人愛的好孩子，

落魄的時候，還不是孤單一個人？

畠山綠[6]唱的這首〈出世街道〉[7]，也是三分半不到。

這般，將一生押注在一曲長時間上的純血賽馬宿命，確有可悲之處。

若是人類（而且是平凡的上班族），三分三十秒的長度，不過就是時間的零頭。

他們大半生活枯燥，多的是空餘時間，因此對於所謂「三分三十秒」時間的長度，不習慣刻意做有意義的思考。

同時想起《有什麼好玩的嗎？》[8]這部電影，對於片中四處遊蕩打麻將不回家的上班族們，三分三十秒左右的時間不過是：

「抓好位、確定莊家、擲骰子、決定寶牌之後，然後摸牌……」差不多只有這樣的長度。

③ 此處為作者誤植。明瑞在一九六三年獲得日本德比賽馬冠軍的紀錄，應為二分二十八秒七，這紀錄維持到一九七二年由 Long Ace 打破。現行日本德比紀錄為二〇一二年 Shahnyar創下的二分二十二秒五。

④ 作者誤植。伸山一九六四年日本德比獲勝紀錄為二分二十八秒八。

⑤ 作者誤植。拱心石一九六五年日本德比獲勝紀錄為二分三十七秒五。

⑥ 畠山みどり，一九三九年生，日本演歌歌手。

⑦ 星野哲郎作詞。

⑧《何か面白いことないか》，一九六三年上映。講述對於日常生活感到倦怠的男女二人，為了「有趣的事」而入手美國公司製造的一架小型飛機。

三分三十秒可以吃兩碗拉麵；三分三十秒能說服一個女孩；三分三十秒能讀二十頁岩波文庫的《國家與革命》。然而，這些不過是日常生活的一部分，稱不上是「賭命」這麼誇張的事情。

然而，我就是很喜歡用短時間賭一把。

因為，相較於花三天思考生存的意義，我更覺得花三分鐘感受生存意義能「讓人活得更多」，也確實能鮮活地感受那些「急著過完一生」的人們的光榮與悲慘。

今年的德比大賽能跑出什麼成績呢？

一位在新宿酒吧當酒保的荒先生問我。

「差不多就是三分三十秒二或三左右吧。」

我答道。

「可是，將軍的速度有那麼快嗎？

我覺得，牠會比木靈那時候多花一點時間，應該會跑出三分三十一秒左右吧。」

荒先生說。

「但是……」我說道。

「今年的德比，領先集團的速度會很快喔。

因為芝隼、鐵勇和日本皮羅艾斯那幾匹馬，會爭奪領先地位。」

與其說是我的推論，不如說是我對今年德比的完整預測。

考量淺見騆馬師的性格、芝隼的腳力（牠在NHK盃中一路奔逃，得到第四名），這匹馬肯定會帶頭衝。

恐怕會以猛烈的衝刺狂奔而出。同時，關於鐵勇也是相同看法。

這匹馬在春季特別獎金賽中，與日本皮羅艾斯纏鬥，不僅有擊敗皮羅艾斯的實績，還甩開歐斯基、奧克塔維斯，在直線賽道二段加速獲勝。再加上曾經與關西的外星馬⑨豐前希望一路纏鬥，最後以一鼻之差取勝的日本皮羅艾斯。可以預測牠會跑出很快的速度。

「大致上，只要是這些好馬出場的比賽，不管這些衝刺型賽馬是贏是輸，整體成績都會提升。

這是常識。」

我說。

---

⑨ 原文為「惑星馬」，指在該比賽中並非被期待的賽馬，但卻意外出彩的黑馬。

儘管只是唱片一首曲子的時間，都是這些賽馬的生命。

那，您覺得比賽會如何展開？哪匹馬會獲勝？

荒先生問道。

或許，臨近看台正面的終點時，是日本皮羅艾斯吧。

然而，若將那匹美麗的紅棕色馬以花比擬，就是櫻花。

如果是櫻花，隨時都會凋謝。

跑到看台前時，將軍、那須野壽肯定會像禿鷹一般，追擊已經拚盡全力的日本皮羅艾斯。

比賽的關鍵，在於日本皮羅艾斯能否在最終直線賽道二段加速，這是比賽開始前最讓人期待的。

我預測德比大賽的優勝者，就是日本皮羅艾斯，最大競爭馬則是將軍。

可能脫穎而出的則是歐斯基或阿波向前。

因為喜歡，也會押山荷龍，輸錢也無所謂。

因為希望森安弘騎師能在德比獲勝，我也期待他騎乘的那須野壽，但那須野壽終歸是贏不了吧？

雖然很平凡，但這就是我對三分三十秒的「預測」。

編註：本篇與《我這個謎：寺山修司自傳抄》其中一篇〈兩分三十秒的賭博〉有雷同之處，讀者可自行參考閱讀。

馬的性生活白皮書

連日放晴，我想到千葉的牧場走走。

古典的皇室御用牧場，現代化經營的社台農場，像從童話繪本跑出來的新堀牧場，還有這次的主要目標，住著我最喜歡的馬「勿忘我」的下河邊牧場。

我和兩、三個朋友，開著車搖搖晃晃行駛在房總半島中心地帶凹凸不平的道路上，一路聊著德比大賽的八卦。

途中，決定順路到位於茂密森林中的中央賽馬會「配種所」看看。

那裡飼養著加爾蓋多爾、賽丹等種公馬，每天攝取養分培養旺盛精力。

然後，一有繁殖用的種母馬發情，就讓牠們與母馬性交。

所謂性交，是個很棒的詞，從字面上感受不到「感情」這種氣氛。

但是，「每天跟不同對象搞，還能收錢吃好料，加爾蓋多爾和賽丹還真幸福啊。」其中一人說道。

真的，我也很想被人種改良協會之類的買走，過看看配種男人的生活。

一到那裡，就聽說剛好要為鈴觀月配種。

說到鈴觀月，就是保田騎乘的那匹不讓鬚眉的母馬。

一進去，草地上組裝了繫住母馬的木架。

然後，還是處女的鈴觀月背對我們靜靜地站著。

那裡是個窪地，周圍密密麻麻地生長著貓尾草、紅苜蓿之類的牧草。

不久，養馬人牽著種公馬賽丹，踏著牧草走來。

突然，賽丹在窪地的入口嘶鳴。

但是繫在這裡的鈴觀月毫無反應。

如果是春情蕩漾的母馬，或是已經碰過公馬的種母馬，早就嘶鳴回應了。

然後，就像《古事記》或《萬葉集》裡的世界般，互通款曲而萌生愛意，鈴觀月仍然不解風情。

「在室的吔。」

聽我一說，牧童道：

「不是，這匹馬太會跑了。」

「人類的奧運選手中，不是也沒什麼會讓人感受到少女心、楚楚可憐的女孩嗎？反正，比男人厲害的處女就是這種樣子！」

原來如此，或許就如他說的這般。

鈴觀月的賽馬時代，許多馬報上的賽馬資料表就把稱牠「巴御前」[①]或「討厭男性」。牠是印度斯坦的女兒，骨架紮實，被打趣為像腰圍八十公分、臀圍九十五公分的鉛球選手。

不久，已經走進來的賽丹，望著鈴觀月的屁股，陰莖一點一點伸出來。雖然已經伸長到七、八十公分，但還說不上是完全勃起。

「賽丹硬不起來嘛。」

聽我一說，養馬人說：

「牠每天都要做吔。

如果是偶一為之，那話兒可厲害了，但是每天都搞，不管什麼樣的公馬也都學會挑三揀四了。」

賽丹一邊晃動自己七、八十公分長的陰莖，一邊繞著鈴觀月轉，不時還把臉靠過去聞味道。這是一種前戲。

至於鈴觀月，就任憑對方瞎搞，身體依然僵直，簡直就像為了錢出賣貞操的打工妓女：

「快點啦！」

破壞氣氛地催促著。

過了一會兒，賽丹的陰莖總算漸漸勃起，從後方騎上鈴觀月。

養馬人立刻跑過來，幫助賽丹把比拳頭還大的龜頭塞進鈴觀月身體裡。

這也是因為鈴觀月還是處女，如果是已經習慣這檔事的馬，就會讓牠們自己去開心「交配」。

賽丹在鈴觀月身上腰部抽動兩、三次，沒多久就離開。

賽丹的陰莖，像陽痿般軟下來。

「賽丹有點神經質哩。

牠很在意對方的感覺。如果被人盯著看，牠就會分心。」

---

① 日本平安時期的著名女英雄。

養馬人解說道。

賽丹一下嗅著鈴觀月的氣味，一下把臉靠過去磨蹭鈴觀月背部，但是鈴觀月仍然沒表現出任何反應。

這情景就是所謂中年男人的悲哀。

石坂洋次郎[2]寫過這樣的短歌：

「烏黑青絲泣至天明　四十男子肉身悲戚」

以人類的年齡而言，已經超過五十歲的賽丹，牠愛撫處女鈴觀月的模樣，真是出盡洋相。

不一會兒，賽丹的陰莖又硬起來。

賽丹迅速地騎到鈴觀月屁股上，咬著鈴觀月的鬃毛，腰部開始上下抽動。

沒多久，養馬人大叫：「出來了！出來了！」拿著毛巾衝過去。

於是，履行完義務的賽丹離開鈴觀月。身為「公種馬」，那種結束方式確實稱職，我認為是沒有氣氛的結束。

往年的英雄馬圖努索爾，無論對方如何嫌惡、害羞，都是不由分說用前腿壓制母馬來達到目的。

另外，戴奧萊特則是會不停地挑逗母馬，充分進行前戲，直到母馬按捺不住，劇烈喘息為止。

馬的「性事」也是有著各種性格的歡娛樂事。

可能的話，我想執導馬的配種。

在藍天下，演奏莊嚴的彌撒曲，從公馬與母馬「面對面」開始。古典戲劇中的肅穆，以及雄壯威武的儀式，或許會成為一種經得起充分欣賞的藝術。

在鬃毛上裝飾著花的母馬，與蒙面的公馬交合。在這種粗野的「性」之間，會出現對現代人被性疏遠無視狀況的高明批判。

如果是人類的話，就會不分青紅皂白地被指責，只能淪為後街裡的非法表演；但如果是馬的話，就會成為出色的藝術。

當然，這絕對不應該只是陰莖尺寸的問題！

---

② 一九〇〇～一九八六，生於青森縣。日本小說家，早期多純文學創作，戰後受現代主義影響，多描寫庶民百姓生活。

獨眼的傑克

撲克牌裡有四張Ｊ（傑克），你知道其中的「獨眼傑克」是哪兩張嗎？

酒保宍戶問我。

在某個雨天。

我在酒吧吧檯的一角，一個人算命。

我抬看著宍戶。

一下子答不出來。雖然每天都在玩牌，但從沒注意過傑克的眼睛。欸，不知道吔，你告訴我吧。我說。

於是宍戶攤開我的牌，挑出兩張獨眼的Ｊ給我看。

是紅心Ｊ和黑桃Ｊ。

我聽著雨聲，端詳那兩張Ｊ。

獨眼的傑克，用他藏起來的另一個眼睛在看什麼呢？

這讓人感覺簡直像人生的重大問題。

離鄉背井走千里

思念何能傳予君

宍戶邊播放東海林太郎[①]的唱片邊輕聲說道：

「他的週年忌日快到了呢……」

「誰的忌日？」我問。

「萩先生啊。」

宍戶答道。

我猛然想起萩先生。萩先生和我一樣是賽馬狂，年紀比我大很多，是征戰歸來的海軍飛行預科練習生。

他在戰爭中失去一隻眼睛，之後當過賽馬預測師、皮條客、汽車銷售員、偽造支票……換了不少工作。我認識他時，他站在宍戶旁邊，在這家酒吧當酒保。

① 一八九八～一九七二，生於秋田縣，日本歌手。

星期五晚上，我們會翻開馬報，開始討論。

他因為自己的眼睛，只要有「獨眼馬」就一定會買牠的馬票。

例如那匹名為悅龍的賽馬。

悅龍因為右眼失明，在朝左方繞圈的賽道就如同盲目般無法奔跑，所以牠在中山賽馬場出賽時，絕對不能買牠的馬票，但萩先生卻買了。這完全是個笨投資。

「張開的那隻眼睛只看得見現實，但瞎掉的那隻連幻影都看得見。」

萩先生總是這麼說。

萩先生常買獨眼龍明里宇的馬票，另外習慣奔逃領先的「標竿」的馬票也買很多。然而，獨眼能有大成就的馬是不存在的，他大致上應該是賠錢。

像標竿這些馬，由於一邊眼睛看不見，會怕其他的馬。當閘門一開，就會（像要從惡夢中逃離般）拚命奔逃。

其他那些馬只要在標竿盲眼那側並肩奔跑，就能超越標竿。終於，標竿在比賽中因為獨眼而發生事故。萩先生垂頭喪氣地聽著那則新聞。

不久，標竿就被被毒殺了。

「獨眼的傑克死了。」

宍戶說完，萩先生說：

「牠不是傑克（J），是皇后（Q）。」

因為標竿是匹母馬。

在那之後不到一個月，萩先生就被一輛卡車撞傷進了醫院，入院後第二天就死了。

我們到府中賽馬場為萩先生進行了弔唁對戰，所有人都買了悅龍的馬票，也都輸錢。

但是，大家笑說這是「便宜的奠儀」。

在那之後，我沒關心過「獨眼馬」，而獨眼馬中也沒出現英雄。

二月二十三日，久違地與宍戶、小桃（還沒和宍戶辦結婚登記的太太）三人一起去府中，在四歲馬中發現了新的「獨眼傑克」。

那匹馬的名字叫朋友。排名是「未參賽未獲勝」，累計成績為十一戰中九次在第六名以後，當然未曾一勝。牠的父親是法斯特羅、母親是幡升。雖然不知道單眼失明的原因，但就是有些害羞，像是童真的少年。我說：

「我啊，決定跟這位『朋友』交往一下。」

聽到我的話，小桃說，但最有希望獲勝的是「說死」啊！

說死（Say! die）是匹暴君般的馬，還有人氣與牠抗衡的海石竹（Armeria）。另外，與賽珍珠（Cerpearl）等馬匹同場，獨眼的朋友實在沒有獲勝的根據。

儘管如此，我還是買了朋友的馬票。

之後，從開賽就一路領先奔逃的海石竹，在進入直線坡道時被超越，而由「獨眼傑克」獲勝結束比賽。

我看著手中的馬票，細細思索死去的萩先生。

應該擁有的就是朋友啊。

我心想。

（回憶起這些事，也可以說是在雨夜裡，一張撲克牌分量的感傷……）

賭的能量

我喜歡賭博，在羅爾德・達爾的小說《南方來的人》中，有一個無法戒賭的中年男人，用打火機連續點火十次，拿自己的手指一根一根賭能否完全點火；而我迄今為止賭掉的東西（雖然手指完好無缺）也是多不勝數。談到賭博，不只是從自行車競速、賽馬到吃角子老虎、賓果和撲克牌而已。也可以從打賭現在開始十分鐘內有多少戴帽子的男人經過，在後街的酒吧盯著手錶等待「戴帽子男人」的樂趣，到賭有線廣播接下來會播放哪首歌曲。還有賭一萬日圓猜鄰座女性的職業，拍她肩膀說聲「喂喂」然後開口詢問的緊張刺激。

正因如此，我討厭所謂的顧家男人，而現在也沒有固定的「家」。然而，如同安德烈・馬爾羅[1]的短語：

天選之男何去何從

① Georges André Malraux，一九〇一～一九七六。為法國第一任文化部長、作家。

去向如流雲，令我相當滿足。賭博，往往能成為人的生存價值，是源自它能在最短時間裡讓人「知命」的便利性。女人都知道，運氣不好的女人都不漂亮，男人也都會從這種必然性逃脫。將歷史視為在各種科學中最受必然性支持的思想，是被名為理性主義科學的輸送帶牽連的社會。

進公司那天，就進入可以用電腦算出直到退休為止薪資的系統。個人的意志在歷史的必然性中全然無力，「即便埃及皇后克麗奧佩脫拉的鼻子高度，也絕不會成為改變歷史的力量」（普列漢諾夫②，《論個人在歷史上的作用》③）的狀況下，即使自由與解放組成「偶然性」的盟友，不也是理所當然嗎？所有的美，都是偶然。

雖然權力是必然，但暴力是偶然；雖然分別是必然，但相逢是偶然。而且，在賽局中否定這種偶然般幸運的祝福，不正是賭博的本質嗎？

有人說過「從幻想到科學」，而現在則逐漸改口為「從科學到幻想」，我在性愛與偶然性兩者的力學交錯中，發現一個幸運論的線索。

說賭博是侮辱勞動、只求不義之財這種政治性的言論實在很荒謬。如果說今天的歷史必然性是如果只能被賦予被侮辱的勞動，那當下歷史的必然性，給予低收入工人「單一奢華」的變革思想和革命能量的，就是賭博的世界。東京都知事的「公營賭博廢止論」的利弊，倘若只從「必要之惡」的性質以及獲利的公益性等政治效用的著眼點作為問題加以討論，而不觸及哲學與美——甚至是「活著的價值是什麼」這樣的本質論，就太形而下了。不去討論恩格斯[④]的「家庭與私有財產制度」以及「我的家」的平安幸福之間的關係，只知道摟著ＰＴＡ（家長會）媽媽的肩膀，將所有男人都關在「家」裡面的維持現狀反賭博政策中，不但沒有詩，也不會有與歷史嶄新斷面「相遇」的可能。

---

② eoргийВалентиновичПлеханов，一八五六～一九一八，俄國革命家、馬克思主義者，被稱為「俄國馬克思主義之父」。

③《On the Question of the Individual's Role in History》，一八九八年。

④ 弗里德里希・恩格斯（Friedrich Engels），一八二〇～一八九五，德國哲學家，共產主義創始人之一。

機車賽車手

機車上飄散著死亡的氣息。那些被稱為舊金山「地獄天使」的機車黑幫，總是打赤膊穿著皮夾克，搖晃著十字架加速到秒速二十公尺，與死亡戲耍，他們好男色、吸毒、強姦……樂此不疲，卻人人一副聖人般的嘴臉。

他們的同夥中，有一個人稱「蠍子」，叫做亨德里克斯的人，他沿著舊金山海岸疾馳而亡，據說死後還以秒速二十公尺繼續行駛。也就是說，因為速度已經超越了生死界線，所以肉體死亡後仍然持續踩著踏板，朝向大海直線前進，所謂雖死猶生，或許就是這麼一回事吧。

相同說法也可以用在汽車上。雖然我對這種裝著引擎用來載送人類的箱子毫無興趣，但對於參加比賽的汽車，卻感受到無法擋的魅力。賽車的速度被視為純粹，已經擺脫社會性的任務。

在少年時代曾經偷書逃跑。我偷的書是平澤雪村主編的一本薄薄的《拳擊》雜誌，但馬上被店家發現而且追了過來。

都是因為那天下雪，地上濕滑害我跑不快，一下子就被兩個店員追上來「蓋布袋」痛毆。不知道是不是從那時候開始，我開始認為，自己不再快一點不行。從古希臘馬拉松跑者到隆瑞莫的驛馬車，從純血賽馬到波瓦洛的航空力學——「速度就是權力」。

啊啊，為什麼我的心臟沒裝引擎呢？我心想。至少也來個雙汽缸吧，只要裝了引擎，我就能帶你到世界盡頭。

我知道，《速度的歷史》書中有兩條道路。一條是名為文明發達的機能性速度的歷史，它是人類擴張的理論。而深深吸引我的，則是另一個速度的歷史，也就是從兩輪腳踏車到人力飛機的「無用速度的歷史」。從對於所謂社會進步的幻想有所助益的狀況中逃脫而出的速度的歷史，最初是作為「逃亡的手段」而思考。這不是順手牽羊少年的大逃脫理論，而是更為根源性的，例如從「已建構完成的社會」逃脫；從自身的日常生活逃脫；從如手銬般緊緊纏在手腕上的手錶的「時間」逃脫。

然而，我漸漸認為，這不是「逃跑」而是「超越」（在滑輪比賽中加速脫穎而出的男人試圖要做的，是繞一圈後超越排在隊列最尾端的對手；貧窮的業務員父親騎上自行車，不是為了逃離家庭，而是為了超越自己的步伐留下的日常生活的屈辱足跡）。

不快點不行。我時常這麼想。

為了保護自己不受所有文明權力的侵害，速度是必要的。

機車賽的樂趣，在於自己就能成為死神。我們從參賽的車輛中，迅速地選擇「死亡」來押賭。

然而，雖說是「死」，並不是外顯的死亡，而是隱藏在「生」中，更實際存在的死亡。當我凝聚如老鷹般的目光，緊抓著口袋裡的鈔票，擠過人群行走時，我想起自己從少年時代迄今的「速度的歷史」。

一陣風吹過，被丟在地上的機車賽彩票的紙屑翻動而去。就像相同的「凱旋六九」機車，會承載著各種回憶，同樣押二—三、二—五而槓龜的機車賽彩票上，也有著各自的故事，而且分秒必爭。

「也只有在這裡，我們才會聊和秒有關的事情哩。」

戴著中折帽的攤商阿鐵對我說。

「真的吔，平常才不會去想什麼秒的，就算撒個尿，也要花個一、兩分鐘吧。」

只是劃根火柴點菸的剎那，一、兩秒之差就能讓人生逆轉，這就是機車賽的世界。這是與緩慢的生對應，快速的死的陰影。如同鳥的翅膀般，每隔幾秒就從我們頭上飛過的死亡，誰能看得透呢？

「你來看機車賽，是因為那個引擎情結吧？」

在大井賽車場賣預測特刊的阿為問我。

「對啊。真恨我媽沒幫我的心臟塞一台引擎。

當汽車真好啊。」

賭博，是一種思想性的行為。它也被稱為單一奢華主義，上班族在被平均化的日常生活、平衡化的經濟生活、平穩無事的不合理中，想著「有沒有什麼好玩的」，卻什麼也沒發生、日復一日的生活裡，賭博就是突然來臨的「事件」。

在每個人都追求名為安定生活的平均化，同時都想擺脫被單一化的現代社會裡，能一手承擔在現實人生中無法得到的「光榮與悲慘」的虛構生死以及機車賽賭博的「速度」，應當能直接稱之為時代感情的反映吧。

上班族收入的平衡主義式分配，是個海外旅遊免談，高級餐廳牛排、汽車、搭機旅遊都買不起的社會。此時，若放棄平均化，改住爬滿蟑螂的三張榻榻米大小的房間，然後買台超讚的跑車；或者是吃三天麵包和牛奶，第四天去馬克沁餐廳吃牛排套餐。如果成為有前述經驗的獵人——清楚自己在現實中缺席，也要讓人覺得是「英雄般」的理念。勸誘他人從力求中等的幸福論，轉移到捨棄一切、只追求一個目標的幸福論時，賭博者的眼光就比什麼都重要。這也是超越自己的「速度的思想」吧。雖然看透速度與賭博之間無法切割的關係，就是回復生存意義的重要關聯，但是「明明喜歡奢侈，卻討厭賭博的家庭主婦」們！妳們懂得這個比喻的意思嗎？

參一 青少年詩集

青少年詩集傑作選

想寫一百行／秋亞綺羅

我想看《肥皂泡假日》①。
我想在「基地」喫茶店喝檸檬茶。
我想描畫鄉愁
我想知道「失去的喪失」的意義
我想弄髒新宿女人裝飾的面具
接吻後「來跳阿哥哥吧。」
想低聲耳語
想拭去扮成女人的賣春女孩的眼淚
想在鄉下撿到一萬圓
想在媽媽的圍裙上擤鼻涕

想討厭最後忘記了寒冷
想夢見直角正三角形
想知道義大利的事情
想把可口可樂和百事可樂混在一起
想吃比灰塵小的星星
想去廁所
想做「ㄞ」
想拋棄河岸
想知道現在輪到誰了
想得到答覆
想被砍掉
想舔舔看痱子粉
想去東京

---

① シャボン玉ホリデー，一九六一～一九七二、一九七六～一九七七年間播映的音樂綜藝節目。

想擁有中江俊夫[2]的《詞彙集》[3]
想不靠字典寫詩
想在伊勢丹呼喊愛犬基伊
想讓小雪說出「初夜給你」
想燒掉小鏡子
想等
想寫一百行
想附和人
想把黑雨做成冰棒賣掉
想把昨天和明天（＋）然後用2去（÷）
想馬上出生
想在北方的海邊顫抖
想阻止求婚
想成為右翼
想思考十年後

想掛上紀伊國屋的日曆
我想在水平線上凍死
想吃危險的食物
想相信長度為二十一世紀的水果刀
想溶解在千賀薰的唾液裡
想分手
想在淹死前喝水
想和小雪■交
想小哭一下
想搔腳底
想寫一首生日歌賺五十萬圓
然後開一家小鋼珠店

---

② 一九三三年出生於福岡縣，詩人。
③ 日文原名《語彙集》，中江俊夫所著，一九七二年出版，一九七三年獲得第三回高見順賞。

想讓可口可樂賣十圓就好
老師！我想尿尿
想看小指
想戰慄
想停止
有洞的話想出去
想快點滿二十歲去投票
想在第一個夢裡看到時鐘停止
想在兩百年後（寺山修司應該會死掉）出一本處女詩集
想用秋藥俊裕當筆名
想咬巴薩諾瓦爵士樂④然後聽檸檬
想被指責這篇是抄襲
想用奶油畫畫
想被指責「還是白紙一張」
想數數看寫了幾行

想幫甜甜圈形狀的廣告氣球上色
手錶的話想推薦SEIKO
想寫澀谷藍調
想日記裡留下一些像日記的東西
但想學習排列和組合
想忘記向量。
想讓Fighting原田睡午覺
想讓女工業間諜脫光
要死要死也想被當成渾蛋
想和小雪絕交
之後想和她TEL
想讓這麼浪漫的十八歲結束
想洗臉

④ Bossa Nova，一種融合巴西森巴舞曲和美國酷派爵士樂的一種爵士樂。

想悄悄告訴戀愛中的男人歷史比日曆窄
因為是少年漫畫雜誌所以想在書店看免錢
想去天井棧敷館劇場騎大象
但是想感謝文明
想看到阿波羅不能回去
想穿壽、服、
想唱「再見的總結」
想躲起來
想、把、印刷活字翻、過、來、
想觸電身亡
想看報紙
想見石田學
想燒掉徵兵卡
想送皮手套給寺山修司
想把貝殼之歌獻給新高惠子⑤

想搭電梯上天堂
到時候想帶小雪去
想寫無意義的密碼
想讓幽靈說「不要跟死人說話」
總想讓腳尖變冷
——想關上透明門

⑤ 本名工藤琳子，一九四三年生於青森縣。曾為演員，本書作者寺山修司於一九八三年過世後，隨著劇團「天井棧敷」的解散引退。

如果我變成妓女／岡本阿魅

如果我變成妓女
第一個恩客將是雪國的
太郎吧
如果我變成妓女
讓我們把所有買來的書
都拿到二手書店賣掉
再去買世界最香的香皂
如果我變成妓女
我要對於那些背負著太多悲傷的人
張開我的翅膀
如果我變成妓女
我要把還有著太郎味道的房間打掃乾淨

雖然不太好意思　但誰都不能進來
如果我變成妓女
要在太陽底下一邊流汗
一邊洗衣
如果我變成妓女
我要將仙女座當成手鐲
學會咒語
如果我變成妓女
也要變成不被任何任人侵犯的少女
如果我變成妓女
我要成為大慈大悲戰勝悲傷的
聖母瑪利亞
如果我變成妓女
阿波羅啊
請讓黑人知曉五月的風吧

如果我變成妓女
阿波羅啊
請讓黑人教會你 JAZZ 吧
寂寞的時候爬上床
嗅著太郎的味道
開心的時候靜靜地對著窗
等待接下來的事情發生
很想很想見一個人的時候
鑽進床上　屏息
聽聽遠方星星的聲音吧

性典／北李正人

淺綠色的封面
在電燈下閃耀的上亮光Ａ５開本
我以為是數學問題集
此外
裡頭有隨機排列的
法語、拉丁語
德語注釋
所以
我驚訝地翻開封面
看到它不是某大學教授著作而安心
因為蜂蜜的感覺
隱約包裹著我的理性

心臟一點兒也不悸動
真無聊
畢竟它適合知識階級
這本書
確實很重要的樣子
或許是一本好書
我曾期待
珠寶和閃爍的星星
不可能存在
純粹的清純女學生甚至不知道它的存在
變成這種事態
內疚的劣等生
恍如南天竹⑥的果實
然而
人生教訓的讚美詩、南無阿彌陀佛、入學典禮的賀詞

——比起這些
更加有用不是嗎？
從車站走過去十五分鐘
又小又破的舊書店深處
有五、六本書
優雅而慎重地
帶著半放棄的表情排列在那裡
找到你的時候
我含著眼淚
你啊
太神聖了
來對談一下吧
「我是性典　是你們專屬的哲學家　是怯懦者的盟友　是軍師鞍馬天狗」

⑥ 貌似竹子，但其實與竹子沒有任何關係。因樹形優美，為深受歡迎的觀賞樹種。

望的季節／佐佐木英明

新的隧道蓋好後
再也
看不到大海
也看不到黃昏　日落
從現在開始我背負著絕望
在住宅區長長的蜿蜒道路上
暴露著自己
總算點燃過往的篝火
恍如從髒汙的雪裡
也能挖掘出新雪一般
用柔軟的手挖洞
敞開的

春天
我將埋藏無數的過往
點一把火
不久後枯黑的灰燼在風中飄散
「搭A列車去吧」
我對著淺子耍帥
從風衣胸前的口袋拿出口香糖
剝掉錫箔紙後遞給她
沒有一絲笑容
淺子向著緩緩開抵的
列車奔跑
我總算摘掉
不適合長髮的帽子
立刻作了個夢
春天來了以後就去西海岸吧

騎上純白鋼管的自行車
追逐著奔逃的淺子
終於趕上
淺子瞪視著
想擁抱她而氣喘吁吁的我
我已經絕望
淺子在恍如水泥般工業化的雪地上
用涼鞋踏出格格不入的聲響
我喜歡酷寒的冬天
房子漸漸被雪掩埋
當雪地終於堆積得比門還高時
我坐在地上
絮叨著想死的日子開始多起來
只要想著
到了黃昏　淺子就會

提著菜籃
經過這裡
我飛也似的衝出來
毫不在乎地
捨棄所有的遐想
在冰冷的雪橇上
我每天坐著讓時光飛逝
但淺子沒有出現
搭A列車去吧
我迎接春天
終於在月台上
看見淺子沉默的臉

我無法靠近
關於齊克果的愛

仔細閱讀
想為妳解悶
但基督的強烈影響
實在很可怕
淺子
說我是暴行也無妨
比起基督　我更想緊隨著妳
來到北方的春天是可怕的春天
細柱柳⑦不會開花
河水也不流動
我穿著黑白相間條紋的短褂
在偷溜進看起來像山間小屋的
蘋果小屋的日子越來越多
明明不打算過橋
我卻常逞強說自己已經走過去了

所以，我只去上學
過著只是吞吃自己夢想的生活

要是隧道沒有蓋起來就好了
我不想為了考大學而用功
努力　在牆上為紀念而塗鴉
這是為了準備遙遠的畢業　寫在奶油色的牆上
不是我創造的事物
我粗暴地寫著　淺子　淺子
讓淺子崩壞
所以，我越來越不喜歡娘娘腔的物理老師
自製的實驗儀器
從邊緣開始損壞

---

⑦ 分布於日本、俄羅斯、中國等地，常見於山區溪流旁。

看起來沒希望畢業了
只剩垂頭喪氣的時刻
只能在意象中
小小地創造出淺子
所以我開始鏽蝕
也避免和同學聊天

我在蘋果小屋裡沒喝成氰酸鉀
當時我發狂了
從收音機裡只聽到單語與民間傳說
在報紙上一定找不到自殺的報導
真是令人不快
我在基督的畫像上
發現不鏽鋼環而欣喜若狂
轉動鋼環的

不是基督教的聖母瑪利亞也什麼都不是
擺動了長髮之後的少年
是淺子
在那之後我成為完全的否定論者
孱弱地　想以海德格[8]幫助他
時間和存在太過難解
我轉生為無政府主義者（ANARCHIST）
只要能冠上淺子（ASAKO）的「A」
這樣就夠了
寫在日記裡
但它也變雪洞裡的灰燼

⑧ 馬丁・海德格（Martin Heidegger），一八八九～一九七六，德國哲學家，在現象學、存在主義、後現代主義、心理學等皆有重大影響。

淺子現在　乘著列車穿過隧道
還是邊覺得不舒服
邊單獨通學
雖然我一想到讓這段時期溜走就覺得很嚴重
拎著皮書包
緊緊戴上帽子
不在意鬆垮的褲子
如果是J喫茶店就可以　因為它很華麗
滿腦子都是這些沒用的想法
一旦準備好了
就算　沒有時間
去拜訪光是進到店裡就覺得不安的
只有白牆的J吧
淺子不會死
我　當然也不會活

信子／鈴木章

信子　信子　信子　信子
信子　信子　信子　信子
信子　信子　信子　信子
信子　信子　信子　信子
信子　信子　信子　信子
信子　信子　信子　信子
信子　信子　信子　信子
信子　信子　信子　信子
信子　信子　信子　信子
信子　信子　信子　信子
信子　信子　信子　信子
信子　信子　信子　信子
越寫　越悲傷

棄母記／森忠明

媽媽　我想起來了
在媽媽熱熱的大腿上
幫我洗頭時
肥皂泡跑到眼睛裡
第一次詛咒媽媽
希望媽媽的黑色陰毛在蒸氣中濡濕
媽媽　我想起來了
在國立醫院木造病房的角落裡
當櫻花飛舞時
拿罹患腎病症候群的媽媽的溫暖的小便
到長長的走廊盡頭
那間昏暗的廁所

其他人排成一列地小便
因為放棄而變冷
媽媽的尿有著可怕的顏色
相當讓人痛恨
看著太過透明的尿壺覺得灼熱
我默默凝視
那時在廁所的小格子窗上
櫻花再度散落

媽媽　我哭了
媽就像夏爾・佩羅[9]的童話故事般溫柔。
對我訴說我的起源
我一直在汆燙料理高麗菜葉

⑨ Charles Perrault，一六二八～一七〇三，法國詩人、作家。以《鵝媽媽的故事》聞名。

啊啊　罪孽深重的肥胖媽媽
我和朝鮮女兒李薰花成熟地愛撫
在遙遠靜謐處射精的聲響
在慵懶的風景中我學會了快樂地罷工
啊啊　媽媽　什麼都不知道的媽媽
什麼都碰觸不到的媽媽
什麼都無法預料的媽媽
媽媽最炙熱的鮮血
飛奔過我的手指我的眼睛我的龜頭我的心臟時
我在突然站起的暈眩中
一切都能想像
一切都能看穿
啊啊　可愛的胖媽媽
滿是結核菌的孤獨的媽媽
無論任何汙言穢語都不會為之動搖的媽媽

有著令人垂涎的白皙柔軟手臂的媽媽
媽媽　我要切斷它
在溼答答黏乎乎的雙眼皮中的盤算
如果要我切掉其中之一
就是下腹部的油滋滋的〈忍耐〉
媽媽　我要把它丟掉

媽媽急躁願望的巨大臀部
媽媽貪婪而缺乏自知之明的乳房
媽媽拖延著真實意圖的話語
媽媽　我要讓它們消失
媽媽午睡模樣的思想和陰謀
媽媽膨脹的仇恨眼睛和暴力
媽媽苦惱的聲音和幸福和死水

媽媽　我不能回家
媽媽之外的陸地
我老早就預測到
剛才在不知名的港口
悄悄地獨自登船
放棄媽媽的每一刻
嗚響肥胖驕傲的汽笛
媽媽　我不會回家
媽媽　我不會回家
我是蒼白孤獨的偷渡者
在我背後遠遠飄揚著的洗好的衣服上
含淚的媽媽
連一條曳航的拖繩也沒能為她準備

動物時鐘／安藤泰子

在父親已經不在的矮桌上吃著涼拌豆腐　媽媽對泰子說　我來教妳物理吧。　引力啊將整
個世界拉在一起　是寂寞孤獨的力量喲　裝得很懂似的說道　泫然欲泣的媽媽　到底懂什
麼啊

十五歲很快就要走了，變老只是整天睡覺　雖然知道會變成抱著尿壺、像狸貓一樣啪啦啪
啦地喝著湯的老太婆，抱著快要壞掉的、快要滿出來的、怪癖又噁心的頭　跑、跑、跑著
的現在十五歲的我。
吃著紅豆麵包發出野蠻的吼叫　讓四肢放鬆　也最喜歡　似乎想在草原上　重現原始時代
的　愛情場景的十五歲的你　的我。

草葉和數學和美國留學
剛開始的十五歲。就這樣像是照慣例般　輕輕滑到我面前的

森君
很會過肩摔的森君。很懂世界史的森君。
就連我這麼喜歡的森君，也只是保羅肩膀上　小小的小小的一點。四個人都好喜歡　在哭著奔跑在高知的街上的那天，一點也沒有長大。的我。

但是媽媽　妳不必擔心啊。因為　大家都在說謊。我，不是壞孩子。我只是稍微太直率、有太多大正風格的傷感、太會咯咯笑。泰子真的是個很善良的孩子呢　媽媽一直都這麼說我。當兩個人在父親已經不在的矮桌上　吃一個涼拌豆腐時，太幸福到神智不清。淚水已經流出來了。

（台詞）

泰子：「上帝啊　請永遠
　　賜給我幸福」

上帝：哇哈哈哈哈哈哈哈哈哈哈哈哈哈哈哈。

我：好想殺死你們喔

披頭四！

泰子：哇哈哈哈哈哈哈哈哈哈哈哈哈。

到來那天／菅智子

在上帝到來那天想張開雙手迎接
在上帝到來那天想不慌張
在上帝到來那天想為祂奉茶
在上帝到來那天想憶起過去交往的人
在上帝到來那天想把記事本和日記
用乾淨的包巾裹起來帶去

年輕小夥子的歌／山木洋一郎

我們　沒打任何招呼
就從媽媽的肚子裡出來
再過四、五年
沒打任何招呼
就會和某人組成家庭
在還不算熱的　五月初
我跳進海裡　我們
一定會　發抖的吧

面對從馬路對面飛奔而來的　車
哪一邊會撞壞
如果是車壞掉

地球會倒轉
男人在瞬間窺看女人的裙底
害羞的傢伙　肯定
會有吧

如果流行歌曲消失
歌手會失業
我們也會告別這個世界
打破電影的噁心招牌
燒掉放映噁心電影的電影院
對出版噁心書的公司發恐嚇信
做那些事的傢伙　是噁心的嗎？

如果以驚人的速度跑步
感覺會被要求跑到任何地方

果然還是別跑的好
職業摔角是表演還是運動
提起議論
那些咒罵防守太過的臭傢伙們
如果你們　把這個世界當成擂台
我們絕對不會被喝倒采
你有信心這麼說嗎？
平常說不都是打假的嗎？
如果我們彈起三味線　也不會像一回事吧
就是嬰兒的小便啦
如果老人家跳猴子舞或阿哥哥
就是猴子的慶典
反過來的話就是人類的慶典
根據主辦慶典的方向　是善？是惡？
要做出判斷啊

看起來這個世界上有很多算命仙

果然　偶爾去洗個澡

好好洗一下

要洗乾淨喔

我會的

看東西的男人／青木忠雄

我是男人

關門的男人

將沒有語言的詩集的序文

撕碎

緊緊關著門的人

闌尾的舊傷口開始疼痛

忍受　那種下腹部的疼痛
凝視著孤挺花的葉脈
在那樣無止境的夜晚
赤色血統的父母召開集會
聲嘶力竭叫著
「把赤城山腳
染成紅色吧」
這也是可悲的父母心以及
共產黨徒的自我辯護
佐藤首相無情地笑了
我走在曲折的
回鄉路上
設法
改道成直線
以學習院大學土木工程系為目標

努力讀書中！
寫了「必勝」的血字
古巴
革命分子的末路
漂流再漂流後暫且歇息

我是男人
吃東西的男人
或者　有偶數的手指
吃掉母音和子音之間空隙的男人
綁住我的身體
數萬條
毛細血管中
那個黑頭髮母親
每晚的惡夢

成為蒼茫大陸黃土的
無數的微粒
狂暴的
而且是補償的
是在月夜的晚上
姐姐會做的吧
以使人暈眩的離心力
身體漂浮
只有哄笑站在中心
媽媽揮舞著斧頭
爸爸揮舞著斧頭
姐姐揮舞著斧頭
我吐出血來洗我的心臟
絕不回頭
在土方工程堆疊起的土塊中

完全封鎖思想
想去旅行
至死方休
想去旅行
我是男人
勃起的男人
也就是說
把臉埋在鬆弛的泥土裡
在蜜絲佛陀[10]的
宣傳單上勃起的男人
以上只是序論
本來，我們的原罪意識是
欲念森林的陰部

⑩ 化妝品品牌，由美容師馬克斯・法托於一九〇九年創立。

或者
在百萬英靈安眠的
太平洋的海底
與父親及母親的悖德行為
一起等待些許的契機
成為地雷和水雷
正在下沉
請原諒

我自己的詩的自傳

十五歲

葉夫圖申科①在他的《太早的自傳》②的開頭說：「詩人的自傳，是他的詩作。其餘的不過是注釋。」

我也這麼認為。

因此，在這裡我只想拿出自己的幾首詩作，取代多餘的注釋。然而，在思考以什麼內容開始書寫之際，懷舊的心情逐漸湧現，話開始多了起來。

十五歲——我只是個喜歡運動的少年。我喜歡拳擊，自己到附近的小拳館練拳。我認為拳擊是一種以相互毆打形式進行的「身體對話」。

---

① 葉甫根尼・亞歷山德羅維奇・葉夫圖申科（ЕвгенийАлександровичЕвтушенко），一九三三～二〇一七，蘇聯及俄羅斯詩人。

② 一九六三年出版。

此外，傳接球對我而言，也是以棒球取而代之進行的對話。

我這般回顧那段時光。

「一顆橡膠球從A投到B。試想，在黃昏時某條有倉庫的街上，自行車修理工和計程車老司機在傳接球的場合。當修理工傳球時，老司機在胸口高度接球。每當棒球進入彼此的手套中，發出啪的聲響時，兩人確實感受到（從對方）傳遞而來的心的某種事物。

其實我也不知道，那種確實感受到的某種事物是什麼。

然而，即便在任何美好的對話中，都無法體會到這麼凝聚的堅實手感吧。當球離開老司機的手之後，到抵達修理工手套為止的「瞬間的漫長旅途」，正是地理主義的理想。

當離手的球，在夕陽的天際劃出一道弧線，在兩人不安的視線中目睹飛越而過的，其實是人性的傳達的隱喻。

戰後，我們恢復了對彼此的信任，不是因為任何史書，也不是政治家的思慮，這難道不是託了傳接球之福嗎？

我認為，傳接球的熱潮和性的解放，賦予焦土上的日本人一個地理性救濟的方法論。所謂的「地理主義」，並非市村町單位分布圖的問題，而是如開展的問題。（《戰後詩：尤利西斯的缺席》③）

「我喜歡運動。」

我說。

「我認為在運動中，有規則是非常好的一件事。

此外，它是神聖的絕對。」

聽我這麼一說，朋友表示：

「詩裡沒有規則嗎？」

他憂慮地說。

放學後，我們坐在校園的草地上。地上的水坑，映照著陰沉的北國天空。

「雖然不算規則，但如果是一首有形式的詩，那就有喔。」

我說。

當時的我，認為定型詩就是真正意義上嚴格的詩。

因此，當時我在寫俳句。

③ 寺山修司一九六五年發表的作品，評論戰後七位詩人的名著。

十五歲的我寫的俳句是：

看海時打橄欖球弄傷的臉頰發熱
車輪輾過地面的蒲公英別在臉頰
賣花車無論推到何處母親仍貧困
從雙頰上燃燒的花朵中喚起生日
蘋果樹搖晃不止時想見一面之際
以飛鳥之影和烈火焚燒撫慰憤怒
從廁所能夠望見藍天的啄木忌日

就是這樣的詩。

十八歲

當我在寫「我的閱讀」時，有時會迷惘該從哪裡開始。例如，像是紀德[4]的《沼澤》[5]這樣的書，對我而言，有著學生時代的同學般的懷舊及虛偽感。《沼澤》和《地糧》[6]就像一件晾在學校圖書館後面，被我遺忘的白色夏天襯衫。一開始打算打拳擊的我，總算了解拳擊不是「憤怒的運動」（angry sport），而是成為「飢渴的運動」（hungry sport），隨之而開始認知到「比起打贏，更應該吃」，然後就不打拳了。

在傑克・倫敦的小說中，一個飢餓的拳擊手被擊倒，在快要暈厥過去的意識裡，浮現一塊肉的形象，這個場景在我腦海揮之不去。當我寄宿在電影院時，逐漸從「肉體的對話」轉向「語言的對話」，開始想成為詩人。寫粉絲信給特雷莎・懷特[7]，在少年巨人球迷會的通訊上寫稿；另一方面，開始讀愛德華・霍列特・卡爾和史賓格勒[8]的歷史書。「逝去的一切都只是比喻」，史賓格勒的體相學（Physiognomonics）令我著迷。「為科學所處理的事物是自然的，反之，被寫成詩的才是歷史。」這種思考俘虜了我。

---

④ 安德烈・保羅・吉約姆・紀德（André Paul Guillaume Gide），一八六九～一九五一，法國作家，一九四七年獲得諾貝爾文學獎。

⑤ 《Paludes》，一八九五年發表，為作者與象徵主義的訣別作。

⑥ 《Les nourritures terrestres》，一八九七年發表，與當代價值觀激烈衝突。

⑦ Teresa Wright，一九一八～二〇〇五，美國演員，曾獲奧斯卡最佳女配角。

⑧ 奧斯瓦爾德・阿莫德・哥特弗里德・斯賓格勒（Oswald Arnold Gottfried Spengler），一八八〇～一九三六，德國歷史哲學家、文化史學家，著作有《西方的沒落》等。

我在裝蘋果的箱子裡，珍藏著只出版了上冊的舊書《西方的沒落》（Der Untergang des Abendlandes），以及卡爾的《浪漫的亡命者們》（The Romantic Exiles）。我遠離了俳句，開始書寫短歌。

點燃火柴的剎那海上霧氣氤氳有爲之捨命的祖國

籃裡桃子壓到臉頰痛在契訶夫之日在電車裡搖晃

抽著菸的國文老師說話時所謂明天的詞彙最可悲

用一粒向日葵種子播種將荒野喚作我們的處女地

穿著外套睡午覺時出現的幽靈除了父親之外無他

正在下下水道奔流的黑暗水中有紛亂尖叫的種子

二十一歲

出版這輩子的第一本書。書中除了幾篇短歌的連作和散文詩，還插入了日記。與其說是日記，毋寧是與朋友山田太一[9]的書信往返為主。那段時間，我一上大學就病倒，過了三年的住院生活。

「×月×日

山田的明信片來了。

『我讀了保羅・維拉奈[10]的《一九二五年出生》。

因為維拉奈生於一九二五，比我們大十歲。

但是，維拉奈批判紀德的《地糧》。雖然《地糧》的自由，使紀德從狹隘的生活中解放，然而只不過是依循單一的劃一主義（standardization）。

相反地，戰爭讓我不必自己動手，就從各種社會的桎梏中解放出來。

然而，平心而論，維拉奈難與紀德比擬。維拉奈說的只是活下去而已。

為什麼我們沒有意識到，戰爭就是一種巨大的劃一主義？』

我讀著山田這封書信，覺得山田似乎無視了所謂的真實感。原來如此，山田是對的，

---

⑨ 本名石坂太一，一九三四年生於東京淺草。劇本家、小說家。與本書作者寺山修司為大學同窗，交情深厚。

⑩ 原文為「ポール・ヴィラネー」，查證文獻、考據及研究寺山修司的相關論文，皆無法確認此人真實身分。疑似為作者誤植保羅・瓦勒里（Paul Valéry），瓦勒里素與紀德交好，但其生年為一八七一年，並非文中所言之一九二五年。

戰爭就是巨大的劃一主義吧。

但是，在戰爭中，有一個《地糧》所沒有的真實感的世界。對於這種真實感的感觸的欣羨渴望，我臥床一年以上總算明白。」

然後，隨著我的病情漸漸朝著痊癒的方向改善，我開始思考遠離書呆子的生活。恍如「納坦奈爾[11]啊，請拋開這本書。

上街去吧。」

我擁有了這樣的心境。

二十四歲

出院後的一、兩年內，我的生活完全改變。我住在新宿，經常與調酒師及攤販朋友四處飲酒。

愛上餐桌上的荒野，並開始賭博。大部分的書都賣給舊書店，用這些錢四處旅行。大概就是這段時期，我開始沉迷賽馬。

與歌舞伎町的酒店裡名叫富美的女孩同居，讀了富美推薦的納爾遜・艾格林[12]的小說

《不再來的早晨》（Never Come Morning）。

這是本讓我覺得像被重重打了一巴掌，大受震撼的小說。我不再寫詩，取而代之是在賽馬場和拳擊館做筆記，並在其中告解。我受不了孤獨一人，我開始想，「旁人對我而言是什麼？」漸漸地，比起獨白式（monologue）的詩，我開始對於對話式（dialogue）的戲劇感興趣。

一棵樹裡流著血。
在樹裡
血站著睡覺。

從這段如詩般的隻字片語，我寫了第一部長篇戲劇《血站著睡覺》。

⑪《地糧》中，敘述者的弟子。

⑫ Nelson Algren，一九〇九～一九八一，出生於底特律，美國作家。

二十五歲

為什麼詩人不用本身的真聲說話？為什麼不用斥責的聲音和粗野的聲音，有時用輕聲細語或高亢刺耳的聲音，把「自己的詩」讀出來呢？

昔日的吟遊詩人們，都變得瘖啞了嗎？岡瑟・比肯費爾德的《黑色魔術》（Die Schwarze Kunst）這本書中，我了解到古騰堡是何等辛勞地發明印刷機的。但是，那樣的辛勞，其實是為了「堵住詩人的嘴」。自從活字印刷發明以後，詩人們不是用語言，而是以文字來作詩。結果，詩人與閱聽詩的人之間沒有「對話」，只有詩人自己長長的獨白。

我對此並不滿意。

二十六歲

因爲想殺了母親
李經常夢到牛
一頭蒼白的牛
感覺是在沉睡的胸口以遲緩的速度飛行
與其說是飛行不如說是漂浮或許還比較好

總之因爲它的重量
李滿頭大汗地醒來
在黑暗中
看見母親阿好在安睡
李盯著母親
這次確實不是夢而是現實
母親阿好的臉
感覺就像一頭蒼白的牛
這麼想時突然在黑暗的彼方
交通船的汽笛聲響起。
這般寒酸
關於這般寒酸的幸福
如果我悄悄離開這個房間
誰會回答我的問題
究竟誰會？

啊啊　好暗啊

李這麼想

在李的頭上一把吉他倒掛著

這是我將一篇登載在北國報紙一隅，關於北朝鮮男孩殺母的報導，寫成七二〇敘事詩〈李庚順〉中的一節。

我想用七二〇行，寫出被謄寫在衛生紙上的《雅歌》。當時的心情，像是要將《何西阿書》（第二章第四節）[13]中的「我勸誘她，引領至荒野……」這段文句，恍如塗鴉般寫在廁所的牆上。我在《現代詩》雜誌上連載了這首長詩一年後，召集朋友舉辦了一場詩歌朗讀會。在馬爾・沃爾德隆[14]的爵士樂伴奏下，我在仔細描寫「殺死母親的方法」的段落為之啞然，因而中斷。

這年，彙整了第三本歌集《血與麥》，從新宿的廉價公寓搬家到四谷。

二十七歲

我開始思考，試圖書寫我的「成長」。長期與電影中登場的角色及小說的主角為伍，雖然日子過得很熱鬧，但少年時代的我幾乎是孤身度日。在北國的陰天之下，一個有著只能看到中將湯和福助足袋廣告看板的窄窗的房間。在殺親案最多的青森縣寒冷北方邊境的海岸小鎮。而且，恐山的〈和讚〉⑮是我們的搖籃曲。

「此非屬現世，乃死亡山路邊坡、賽之河原的故事。未滿十歲的稚子聚集在河原，當聽聞山峰的暴風雨聲，就認為是父親而向上攀登；當聽聞山谷間流淌的水聲，則認為是母親而向下爬行。

手腳染血如潮……」

我的母親是棄嬰。她被報紙包裹，捨棄在冬天的稻田裡。我父親是個警官，因酒精中毒客死異鄉。因此，我深信「憎恨是最有效的溝通」，如此成長。我著迷於彷彿用鮮血洗臉的拳擊，在「互毆」之中，感覺到拳擊手之間的愛。

---

⑬ 此處疑為作者誤植，相關經文應為《舊約聖經》《何西阿書》二章第十四節：「後來我必勸導她，領她到曠野，對她說安慰的話。」（それゆえ、見よ、わたしは彼女をいざなって、荒野に導いて行き、ねんごろに彼女に語ろう。）

⑭ Mal Waldron，一九二五～二〇〇二於美國紐約出生，爵士鋼琴作曲家。

⑮ 此指〈地藏和讚〉，為平安時代高僧空也上人所寫，早夭的幼童亡靈在冥河三途川的賽之河原，因思念父母手足，在惡鬼迫害下無止境地重複堆疊石塊時，所唱唸的歌曲。

大工町寺町米町佛町老母買物町在或不在　燕兒啊
欲買一座新佛壇卻行蹤不明的弟弟和鳥兒
爲縫合地平線姐姐在針線盒收藏好縫衣針
養不起被殺一生缺席學校地獄裡弟弟之椅
黑暗縫隙間不想被問家世泡菜桶裡的幽靈
將僅有嫁妝的佛壇擦亮到映入假眼珠爲止

二十九歲

我把從出生起的惡夢，集結成一首長篇敘事詩。這部名為《地獄篇》的作品，耗費近兩年的時間，累積超越四千行的篇幅。短歌的部分單獨被彙整出版為歌集《死在田園》，詩的部分則再進一步整理。我逐漸熱衷於這份工作。

「鼻子地獄的恐怖，襲擊了村裡的國語教師。他的一邊鼻孔，在半夜被泥水匠跑來塗抹封死。他是獨生子，所以讓母親住在另一個鼻孔裡……上課時就算呼吸困難，他也不會要求母親從鼻子裡出來。那時我是國民學校的六年級學生，對於家鄉這種一邊鼻子的倫理，產生異樣的興趣。

一開始國語老師還能平靜地上課，但鼻孔裡的母親覺得無聊，開始一邊哼歌一邊打掃，老師就開始豎起頭髮感覺苦悶，這種過程已經成為慣例。而後，窒息很快地轉變成呻吟，他的單鼻國語，用著完全塞住的聲音，在講台上狂亂起來，開始運轉，凸著眼球，從心臟向著肛門，喘不過氣而吐出來。

——老師，老師！

不管我怎麼叫，他也只是指著自己的鼻子。慘叫聲把無數的烏鴉呼喚到教室裡來，每當他喊著『太擠了！太痛苦了！』時，他的鼻子就會在轉眼間膨脹起來，就連在課堂上的我們也能順暢地聽見，從黑暗的主校舍底部傳來的老婦人唱的歌。

十月十日在鼻子裡
三十三天在心裡，所以
三十三天的黎明結束的話
你好可愛喔，抱著你睡覺吧

但是，即使膨脹的鼻子像袋子般下垂，他還是個可憐的鼻子男！他沒辦法揹著它上拋棄老人的深山。因為鼻子裡曬不到太陽，虱子大量繁殖，喜歡聽老媽媽哼歌的白紋蝶從開放的鼻孔進進出出，鼻毛像沒有修剪的枯草般彎曲枯萎。老婦人邊彈奏三味線條邊跳舞，但是鼻子男，也就是國語老師必須辛苦忍受著窒息的痛苦，只能遙望冬日的遠山，獨自嘆息！有時，在休息時間，他會趕到井邊，開始洗鼻子，從最早失去嗅覺的鼻子中，如同一條黑暗的河流般，滴滴答答永無止境地流淌著住在裡頭的老婦人的排泄物。也有人建議他試著用剪刀把鼻子剪開，但他沒有辦法，束手無策之下只能在鼻子裡設置一個漂亮的小佛壇，把母親關在裡頭，在鼻子腐敗的時代到來之前，一邊吟唱著戀母歌謠，偶爾用手拉開，讓鼻孔口向著太陽曬乾裡面。

國語教師

與可恥的美德共生。」

三十歲

當我彙整完七千行《地獄篇》，我再次來到街上。海明威在巴黎的生活中所說的「為了戒掉它，我艱苦努力」的賽馬，成為我的生活樂趣。終究，人與人之間糾葛的戲碼，雖然無法超越人類，但與偶然糾葛的賽馬，讓人覺得恍如是與「上帝的意志」對戰一般。

我喜歡一匹叫「勿忘草」的馬，當牠淪落到被賣給地方賽馬後，為了找到這匹馬，我開始特地去看地方賽馬。牠的名字是「不能忘記的草」的意思。我的朋友原田政彥，成為雛量級世界拳王。戰鬥，即便在日常生活中也是永無休止，然而，不論是哪一場戰鬥都沒有提升到「對話」的層次。即便是性行為，也很少像童年時代的傳接球般，能成為明確的「對話」。

若是血液冰冷的鐵路
奔馳而過的火車總有一天會通過心臟吧
相同時代的某人
鑽入地面告別寂寞的聲響
我是將克里夫・布朗的旅遊指南

讀到最後一頁的男人
以我心臟的荒野爲目標
只有一張唱片長度的別離
不是也很好嗎
在自我意識過剩的頭痛的迷霧中奮力前行
一曲Take the A-train
是的我們搭A火車去吧
如果不行的話就跑著去吧

事實上，對我而言，如果不能搭乘交通工具，就只能用自己的腳「跑著去」，我強烈地認為自己是活在這樣的時代。

肆－不良少年入門

不良少年入門

為了避免讓你成為花花公子——這篇文章要獻給一不留神，就會變成花花公子的你（也就是為了汽車稅費與照料五十套西裝，忙得不可開交，再也無法悠哉睡午覺的男子們）。

一旦陷入這種處境，即便懷念穿著木屐去路邊攤，邊吃拉麵邊與友人閒聊的日子，也已變得遙不可及。

你們為了尋找討女孩子歡心的話題，瀏覽各種週刊雜誌（結果把眼睛給搞壞了），儘管只是要去二十公尺外的香菸攤，卻不得不開著愛快・羅密歐或是保時捷，在禁止右轉的馬路多繞三十分鐘。

為了鍛鍊出史恩・康納萊①般的臂力，還偷偷前往武道館之類的場所，甚至為了讀原本不看也無所謂的《Esquire君子雜誌》《紐約客》，非得聘請英文家庭教師。

這世上不幸的花花公子志願者們——你們可曾想過，為什麼那些有花花公子之稱的傢伙，個個都戴著墨鏡？

他們全都讀了太多「花花公子養成書籍」，視力變得很差。

有很多女朋友這回事，一點都不值得羨慕。像他們那些花花公子，因為太多女朋友不巧打電話來，有時候連洗手間都去不成，也喪失了散步的餘暇。

義大利富豪暨著名的花花公子瑪魯珂・泰特莫，在全盛時期曾說過一段名言——我簡直忙得不像話！每當我去上小號就錯過一次約會，上大號時又少了一個女朋友。

（所以他每天與高精密手錶、速記錄音機與會面紀錄周旋，為了維持女朋友的數量忙得不可開交，像童年時仰望黃昏天空、唱著童謠的故鄉回憶，種種美好時光早已忘得一乾二淨。）

儘管如此，他們應該還是覺得：

「有很多人迷當然很好呀。」

不過奇怪的是，對象越多，他們就越缺乏時間好好談戀愛。才跟第一個女孩約會吃完晚餐，就到了跟第二個女孩約會的時間。

① Thomas Sean Connery，一九三〇～二〇二〇，蘇格蘭演員，以演出英國情報員詹姆士・龐德聞名。榮獲奧斯卡金像獎、金球獎等獎項，二〇〇〇年其終身電影成就冊封為英國爵士。

見到第二個女孩，她一定會說「我餓了」。因此他有義務再吃一頓晚餐，嚐些魚子醬與醋漬豬肉，到了緊要關頭忽然想起跟第三個女孩的約會。花花公子必須表現得像個紳士，所以就算見到第三個女孩，也不能立刻開始做那件事。還是要從前奏曲開始，所以要依照晚餐、飯店酒吧的既定程序進行。

（啊，多麼懷念在公園草地上，整夜仰望月亮彼此相愛的時光。雖然這樣想，但是既然當了花花公子，後悔也已經太遲了。）

那你呢？當你回想自己決心成為花花公子，捨棄火柴改用登喜路（Dunhill）打火機的那一天，是否感到泛著苦澀的懊悔？

你能用Dunhill打火機剔出卡在齒縫間的冷盤蟹肉屑嗎？

電影明星泰隆・鮑華②或艾羅爾・弗林③每次睡午覺時，就會損失一個（原先約在那個時段見面的）女朋友，換作我們不管睡幾個小時的午覺（即便二十四小時內愛睡多久就睡多久），也不會失去女朋友。比起負數，掛零真是划算多了。這不是極其簡單的數學題嗎？

建議你成為BUREIBOY——這可不是印刷錯誤，的確是這幾個字母，也就是跟雷・布萊伯利④、豚⑤同屬於B開頭的字彙。漢字標記應該是「無禮男子」。

究竟什麼是BUREIBOY？

依照我的定義，就是自由人。（指多少會讓他人困擾，但是活得悠然自得的男人。）

讓我為大家介紹一位BUREIBOY。（其實就是我自己……）

我的書桌正攤開著一本暢銷書，石津謙介所寫的《男子帥氣實用學》，上面有從我頭上播落的頭皮屑。

石津謙介的書並不適合我。

「吸菸時的手勢也有一定的姿態。在吸菸前點火的方式，打火機的拿法，怎樣劃火柴，在更早之前從口袋裡拿出一盒hi-lite，從紙盒裡取出一根香菸！（注意他寫『香菸』用的是外來語cigarette喲）」

而且如果要用菸斗的話「還是要以右手拿菸斗，放在嘴裡稍微往右移叼著，這樣比較帥氣」。

② Tyrone Edmund Power，一九一四～一九五八，生於美國辛辛那提，演員。

③ Errol Flynn，一九〇九～一九五九，澳洲演員、編劇、導演、歌手。主演《俠盜羅賓漢》。

④ Ray Douglas Bradbury，一九二〇～二〇一二，美國小說家，著名作品有《華氏451度》《火星紀事》等。

⑤「豚」日文發音為「ブタ」（Buta），為B開頭字彙。

不過我們有必要連吸菸都得擺姿勢，好像要給誰看嗎？吸菸時不如愛怎樣就怎樣，連旁邊有個女孩都忘了，朝著天花板「噗、噗」地噴煙圈，多麼逍遙自在！

好好珍惜這種悠然自適，不是活得比較輕鬆愉快嗎？

假設每個男人都讀了石津氏的書，擺出同樣的姿勢，又將如何呢？

在地下鐵的座位上坐滿七、八十名上班族，他們一起掏出菸斗，都用右手拿著，稍微往右移叼在嘴裡，會是什麼光景？

那豈不就像驚悚漫畫——甚至比Gaham Willson定期發表在《花花公子》雜誌的恐怖漫畫還要詭異？

石津氏又這樣寫著：

「吸菸斗的姿態，是思考型男性的一種表徵。喝酒時也要擺姿勢。必須留意，彷彿意識到隨時有人在注意自己。時時刻刻都要擺姿態，聽起來似乎很裝模作樣，不論是吸菸、喝酒的時候，甚至連從洗手間出來時，都要講求『姿態、姿態』。所謂擺姿態這樣的舉動，即是意識到他人。而瀟灑也以此為出發點。」這種思想還真符合他人取向型的時代。只是各位真的能這樣一直耍帥嗎？

在廁所蹲的時候也能擺姿態嗎？

遇到態度傲慢又拒載的司機，彼此揪住對方打架時，難不成也可以擺姿態嗎？替香港腳抓癢的時候，還要講求姿態嗎？

（當你真正活得像人，體驗自己存在的時刻——那就是即使不蓄意擺姿態也無所謂，憑藉著這種安心感熱衷於某件事。）

我不想過於仰賴姿態的功效。

其實，不如說正因為注重姿態，逼你不得不成為花花公子，將你塑造成只在意他人的看法、缺乏主體性的男人。

你們大可不必刻意耍帥，但還是擔心遭女孩子嫌棄而忐忑不安，對此我想奉上一句箴言：

「貓跟女人都是一接近就逃走。不理她們的時候就會自己靠近。」——梅里美⑥

活得像豬一樣吧！——因此，為了幫助你避免變成花花公子，我要傳授一些人生智

---

⑥ 普羅斯佩・梅里美，Prosper Mérimée，一八〇三～一八七〇，法國現實主義作家、歷史學家，最著名的作品為《卡門》。

慧。換言之，也就是將你從「花花公子暨他人取向型人類」解放的對策。

盡情吐露鄉音

（舉例來說，不管在什麼樣的女孩子面前都一樣。發音漂亮的標準語只會讓你像個普通人。如果你以為這樣顯得聰明，或是更有都會感，那可就錯了。現在最能夠傳達出真實情感的，正是你從小在說的地方話。）

標準語適合用來談政治，或是播音員報新聞，卻不適合談論人生。

如果想要談論人生，地方話是再合適不過的。

當你出席高級飯店的宴會時，如果對於用字遣詞或禮儀過於謹慎，就會變得緊繃而且毫無生氣。正是置身在一流的宴會，更應該說些「唉唷喂，媽呀——！」「嚇得俺魂都飛了」之類的土話，直接徒手大把抓起冷盤裡的鮭魚與起司塞進嘴裡。

當然，不論是穿寬褲或是有O型腿都沒關係。因為呈現自己本來的面目，就是最高尚的禮儀。

萬一你沒有鄉下老家的話

你是個不幸的男人。

一旦意志不堅就會陷入危險，你很快就會變成適合穿常春藤盟校或歐陸風格服飾的男子。眼下你已經具備成為花花公子的條件。

因此你有必要偽裝成來自鄉下的外地人——譬如用錄音機錄下淡谷則子[7]女士的「人生諮詢」節目，試著反覆模仿她的口音。練習不說「わたし」而是「わたす」，留意打電話時一定要講「モス、モス」。而且有時候要毫無原因地望向遠方（並且略帶空虛地微張著嘴）。這麼一來，大家都會臆測你或許想起了遙遠的故鄉。

一定要穿傳統五分褲

寬鬆的傳統五分褲[8]可以保護你。至少VAN還沒有推出這種款式。

不過，你可不能因為穿了這種內裡褲，就完整搭配半纏[9]與腰帶。這樣太符合平衡主義。你更應該身穿五分褲，駕駛勝利噴火（Triumph Spitfire）或福特野馬（Ford

⑦ 淡谷のり子，一九〇七～一九九九，生於青森縣，歌手。日本香頌界的先驅。
⑧ ステテコ，長度過膝的薄料棉質褲，略微寬鬆，日本中高齡男性習慣當內裡褲。也可單穿。
⑨ はんてん，與羽織相似，但沒有襠(まち)。

Mustang）跑車。這種反差很適合你們的時代，也更有人味。（彷彿邊聽著馬爾・沃爾德隆或戴夫・布魯貝克[10]的唱片，邊吃茶泡飯的習性，閃耀著單一奢華主義的光彩。）

我從以前就主張單一奢華主義。就像有人雖住在蟑螂到處爬，只有三張半榻榻米大的公寓，唯獨對於去餐館吃菲力牛排特別堅持，或對於明明必備的西裝，只準備一套布上些微髒汙的二手西服，卻買了Lotus Elan[11]跑車——這正如同眼睛嘴巴小，唯獨鼻子特別大般闊綽。

倘若不以這樣的單一奢華主義為目標，在我們身處的時代根本不可能全盤兼顧。而傳統五分褲正是不平衡的象徵。

將平衡主義奉為座右銘，對各種事物淺顯地聊備一格的花花公子，自然厭惡五分褲。但是你不可以畏怯。

五分褲會讓你看起來實力雄厚，並且一定能化解你內心對於姿態的講究。

切忌跳舞

當然，你也不可以去舞廳。如果你正好擁有得天獨厚的體格，而且上半身某些部位長著如巨人隊長島選手般的濃密體毛，絕對不能讓人發現。

你必須極力隱藏，就算偶爾不得不跟友人一起進澡堂，那仍是「不可讓人看到」的部分。

（為什麼呢？因為男性之間有著超越友情的情誼存在，這樣的關係也會造就出花花公子。）

萬一遇到無論如何都推辭不掉的狀況，非得應邀出席舞會，你要穿上在可能範圍內找到最寬鬆的一條褲子。

（譬如跟為風濕所苦，復員回鄉的叔父借舊長褲，這也是個辦法。）

而且在跳舞時，你必須盡可能絮絮叨叨地談論女孩子最不感興趣的話題，譬如機械工程技術、美國在越戰的立場等，講得既冗長又乏味。

或是從兩、三天前就預先不刷牙，趁著在女孩耳邊傾吐海涅[12]情詩之類的句子時，把口臭呵到她臉上，這樣的奇招也可以派上用場。

還有就是在播放每首曲子時，至少都要踩到對方的新鞋三次。

---

⑩ David Brubeck，一九二〇～二〇一二，美國爵士鋼琴家、作曲家。
⑪ 英國的跑車品牌Lotus Cars從一九六二～一九七五、一九九〇～一九九五年間所製造的汽車。
⑫ 克里斯蒂安・海涅（Christian Heine），一七九七～一八五六，德國浪漫主義詩人。

這麼一來，對方勢必不得不承認：你的確不是個花花公子。

千萬別戴墨鏡

墨鏡會激發女孩子的浪漫情懷。

比方說，就算你只是因為得了慢性結膜炎而戴著墨鏡，女孩們也會想像在墨鏡後面有雙詹姆斯・狄恩⑬般的眼睛，而頻頻試圖接近你。

尤有甚者

要反覆地發牢騷抱怨沒錢。譬如像法蘭克・辛納屈所唱的：

如果心就是一切，

那麼寶貴的金錢又爲何物？

像這樣的歌連提都別提。

準備付一百圓請女孩子喝咖啡時，你要先將百元鈔數三遍才遞出去……面露「這裡的咖啡好貴啊」的表情也是一絕。（當然，先將百元鈔一張張整齊地摺疊好，妥善收在皮夾裡，付帳時大約反覆問兩次「是一百圓嗎？」這個方法也能奏效。）

話說至此，以上我這些半認真半開玩笑的「避免成為花花公子的祕訣」，你又如何解讀？

我一直在警告你，不要依循世俗的價值，成為流行的追隨者。換句話說，我是為了讓你擁有「野獸的心」，恢復成「男人中的男人」，出於友情才提出這些勸告。

你若是讀了我的文章，沒有成為花花公子，將來可要帶著伴手禮來向我道謝。

因為你要是沒變成花花公子，說不定可以成為大藝術家或大政治家呢。

⑬ James Dean，一九三一～一九五五，美國演員，曾演出《天倫夢覺》《養子不教誰之過》《巨人》，以叛逆形象深植人心。二十四歲即因車禍過世。

離家出走入門

跟爸媽商量又怎麼樣？——聽說有六名常讀《魯賓遜漂流記》的中學生，賣掉平常為興趣蒐集的郵票與古錢，集體離家出走去旅行。我覺得這是最近所聽過最令人愉快的新聞。

為什麼呢？因為這樁離家出走事件，將原本「空泛」的離家出走提升到「實行」的境界，令人感受到其中潛藏的能量。

（我在離家出走仍屬「空泛」的時期，就信奉離家出走主義，不過經過這次的事件，離家出走給人的印象終於「進化到第二階段」。他們的目標不是一般人嚮往的東京，而且並非單獨行動，我想這些特色非常重要。）

這次事件與十年前的離家出走風潮相比，差異相當明顯。當時帝蓄唱片旗下有位鬢角很長的流行歌手真木不二夫①，他所詮釋的〈離家出走〉暢銷曲，因「過於偏袒出走者的心情」遭當局下令禁止販售，這首歌的歌詞是這樣的：

我要去東京喲　前往東京

光只是想像　無邊無際

說走就走　問題總會解決

將無法割捨的眷戀與故鄉

都放下　搭乘夜行火車出發吧

……這首歌與南陵中學六人組的離家出走，在思想上有所差異。那就是歌曲中「說走就走，問題總會解決」的即興，這次是經過集體討論後才採取行動，目標不是「場所」而是「行為」。

某天早上我翻開報紙，赫然看見這樣的報導。標題是「六名丈夫結伴離家出走」，內容提到這幾位平常給人印象還不錯的上班族，各自在家中留下告別信，上面寫著「厭倦為了妻子忙於工作，想要憑自己的力量開創未來」，集體離家出走。

在信上提到「並非因為家庭不和，或是對工作倦怠感到失望。我們所排斥的，是循序漸進升上主任、科長，然後是課長的平凡生涯」，而且他們六人經常聚在一起，齊聲唱著植木等的〈無精打采的人生〉。

① 本名小谷野章，一九一九～一九六八，日本歌手。

順手牽羊摸走酒吧與夜總會的菸灰缸
喝光杯子裡剩下的啤酒
吃串燒時悄悄多拿
結帳時就叫別人去

如果是像這樣的上班族集體出走，很明顯地可以判斷：這種離家出走屬於「無意義的行為」……為什麼呢？因為正值他們的生活重心落在工作與家庭這雙重結構的時間點，離家出走只不過表現出「想要逃離現實」的心情。這種翻轉只是「空洞的」。大致說來，「家」不單只是「存在」而是「建立而成」，所以從自己建構的「家」脫逃，就算被批評為「放棄理想」也無可否認。

但是在中學生的年紀，「家」不是由自己建立，而是被給予的，所以為了自立而「離家出走」並不空泛，可以算是實際行動。這微妙的差異，確為相當重要的關鍵。

少年們離家出走的消息披露後，報章雜誌紛紛探討這些中學生的家庭問題，刊登有識之士的言論，像是「親子應該要有更多交談的時間」、在學校裡「與傳授知識相比，人生教育更重要」。在我看來，這些都很荒謬。親子之間究竟能談什麼？父母為了占有孩子，本來就會將自身的利己主義與幸福觀灌輸給子女，並且加以正當化。在大多數的情況下，所謂父母的思想也就是「搖籃曲的思想」，自始至終只想讓試圖覺醒的孩子沉睡，停留在家庭和樂的美夢中。如果只以家庭為核心思考，或許「親子對話時間」的多寡是個問題，但是他們擁有充分「與夥伴談話的時間」。難道這不是更主要的原因嗎？

為什麼呢？因為一直以來的模範少年，幾乎都只跟父母對話，跟夥伴聊天的時間太少，所以在成長過程中不得不變成徹底吻合「父母試圖塑造的類型」……這也是一般公認的看法。

說到集體反抗，立刻讓我聯想到江戶時代的農民抗爭。不過根據黑正巖[②]《農民抗爭的研究》等史料，這種反抗是出於糧食缺乏、官僚胡作非為、理想不得伸張等因素，使得忍無可忍的百姓們聚集起來互相扶持，集體逃離農村，因為這樣的形態再加上其他因素，所以讓人覺得痛快。當然，以離家出走的角度來看依然「無意義」，但是在他們所屬的時代，即使長大成人，所謂的「家」仍是「存在」先於「建立」，所以這也可以說是前人對於宿命的奮鬥。

不過，如果試著將這次中學生們的行動，與當時成為反抗典範的逃散相比，的確值得

---

② 一八九五～一九四九，日本經濟學者、農業社會史學者。

玩味。從中可明顯感覺到反抗的時代變遷、「方法論」的新意。因為那可說是單一破壞主義的「方法論」。

你還願意被「平均化」嗎？——現代有許多上班族罹患胃潰瘍。他們經常將略顯蒼白的臉湊在一起估算收入。

在政府機關中，只要不是東京大學法科出身的官僚，絕對無法升上局長等職務。在退休之前頂多做到課長或課長助理。因此估計從自己進公司的日子到退休為止的月薪，大致就可以推算出一生能領到的薪資。

萬一你要是曾經為早慶戰[3]的森茂雄[4]與衆樹資宏[5]的擊球風格著迷，輕率地進入私立大學就讀，畢業後的起薪還不到二萬日圓。如果試著計算自己到退休為止的薪資總額，你將會大失所望。

「唉，我這輩子所賺的薪資，只等於山本富士子[6]拍幾部電影的酬勞。」

「我對工作已經完全倦怠。」

「反正這世界不都是這樣？所以大家就這樣過了。」

就這麼回事。

實際上如果只考量物質生活，現代的上班族（也就是大多數的日本人）已經絕望。所以人們想著在這個停滯的時代「還有沒有什麼有趣的事」，所以會想打麻將、柏青哥，去賽馬場企圖將微薄的收入翻倍。歷經嘗試的他們（其實也包括她們），漸漸開始認為現在的工作只是暫時的，這就是「希望病」早期的徵兆。「現在我所過的生活，只是在世界上求生存的一種偽裝，有朝一日我一定會靠著文學創作在社會上立足」這種話可不是只有酒吧女侍才會說。

譬如某位上班族心裡這樣想：

「我是個作曲家（或是畫家也可以……總之隨便什麼都行）。不過，我現在還沒有發揮作曲的才華，所以先在區公所的戶籍課上班。但這只是表象而已。我一定會從暫時的身分回歸本業，創作出暢銷歌曲。目前我正在寫一首叫做〈我是媽媽〉的曲子。每天在區公所工作八小時令人窒息，不過回到公寓裡拿起筆來，我又能回歸自己。也就是脫下上班族

③ 指日本兩大棒球球隊之戰：早稻田大學與慶應大學棒球隊。

④ 一九〇六～一九七七，愛媛縣出身，棒球選手、監督、企業家。

⑤ 一九三四～一九九九，神奈川出身，棒球選手。

⑥ 一九三二生於大阪，演員。

的面具，恢復自己本來的面貌。」

其實根本沒有什麼「本來的面貌」，上班族就在這種虛幻的想像中，懷抱著「希望病」以終。不抱希望的，則是那些死在麻將館二樓的上班族。

他們已經連偏見都沒有了（不僅沒有思想上的偏見，甚至也欠缺興趣方面的偏見）。根據利奧・洛文塔爾[7]《偏見的研究》等學說，當人存有偏見時，個人的內在有著潛在傾向，這種傾向有時候會成為外部刺激，讓人從社會的閉塞中獲得救贖。然而那些死去的上班族已經規格化，甚至沒有察覺到自己成為「機構」這部機器的一部分。

「哎呀，真令人訝異。我們公司的女同事說，剛才在大樓屋頂上看到我。我回答她，可是自己剛才一直在這裡吃便當，所以根本不可能。嗯，因為很在意，所以我去辦公大樓的屋頂確認。結果還真的有吔。有個看起來跟我一模一樣的男人，穿著很像的西裝，甚至連領帶都相同。哈哈哈哈。我嚇了一大跳。欸，說到怪事，你也不太對勁。你也打著跟我一樣的領帶，穿著一樣的西裝。喂！你該不會就是我吧？」

……相同的人類由機械化社會機構量產，漸漸地人們越來越不明白「自己究竟是誰」。

如果在以前，進行「你害怕什麼？」的問卷調查，答案通常會是「妖怪」。現在的話是「核爆」。不過其實真正最可怕的，既不是核爆也不是妖怪，而是「什麼都沒發生」，難道不是這樣嗎？

在「什麼都沒發生」的時代缺乏浪漫。這也意味著知道明天會是什麼樣的日子的人，將會感到絕望。「要是可以預知明天會發生什麼，哪還需要活到明天！」像這種浪漫派的情懷之類暫且不管，上班族可是很清楚「到退休為止日子將怎麼過」。

現代的怪談，即訴說著這種安然無事的「恐怖」。

在平凡的住宅區，與電熱器、發福的老婆相伴，收看電視連續劇《咲子小姐，等一下》[8]。置身在這就是幸福的錯覺中，每天都反覆過著同樣的生活，甚至想著「今天跟昨天一樣。不對，等等。說不定今天真的是昨天」，連對日期的感覺都消失了。等到這種症狀變得日益嚴重，甚至開始認為「不，且慢。說不定今天真的是十年前的這一天！」究竟自己為什麼而活，恐怕內心也早已模糊不清。

但是看到今年早稻田大學校慶的問卷調查，得知現在的大學生主動選擇了這種通往喪

⑦ LeoLöwenthal，一九〇〇～一九九三，德國社會學家、哲學家。

⑧《咲子さん、ちょっと》，描述年輕妻子．咲子和其溫暖家庭之間的故事的家庭劇，一九六一年播映。

失時間感的道路，不禁令我不寒而慄。

他們回答「打算進入貿易公司任職，娶個好老婆，養育三個小孩。」或是「希望每晚跟漂亮的老婆喝啤酒，買棟附衛浴設備與草坪的家屋，換句話說為了賺取相應的收入，必須努力積極工作，出人頭地。」另外，針對「人們都說現代社會的氣氛很安定，你對於自己可支配的消費滿意度是百分之幾？」這個問題，統計出實際上達百分之四十四・三的漂亮數字。

這些大學生孜孜不倦地想要獲得各種東西，其實完全是想「跟其他人一樣」，期待被平均化，變成在現代怪談中登場的人物。

當然，沒有人會滿足於這種停滯的狀態。柏青哥店成為充滿無力感的人們聚集的場所，當無精打采的上班族凝望著小鋼珠鏘鏘滑落自我麻痺，店內的擴音器以高分貝播出歌謠曲為他們打氣。

等著看吧　沒有說出口的
堅定夢想深藏於心
豈能扭曲　不必氣餒
反正這個世上　總會有一條路

就這麼回事。

憑藉「單一破壞主義」恢復成真正的人——讓「單一破壞主義」成為閉塞社會的突破口，就是我的提議。

話雖如此，這並不是什麼特別新穎的見解，只不過是在最近經濟學者提出的「單一奢華主義」加上「單一貧弱主義」，再合併我的「離家出走建議」「搬家建議」。（更簡單地說，就是在傾向人際關係疏離的輸送帶上，戳上釘孔大的小洞，看看是否可以改善通風，就這麼回事。）

舉例來說，或許就像這樣：

有一名男子住在日照不足，蟑螂到處爬，只有四張半榻榻米大的單身公寓，卻擁有愛快・羅密歐或瑪莎拉蒂這種等級的跑車。如果以這個男人的生活水準來看，怎樣都不平衡。旁人看了心想：光憑瑪莎拉蒂的汽油錢，不就可以買條內裡褲！或其實能搬到稍微像樣一點（至少廁所有馬桶）的住處。但是完全看不出他有這樣的打算。

像這樣的男人就稱為單一奢華主義者。

（與單一奢華主義者相反的就是平衡主義者。平衡主義者會妥善控制收支，決定每個月要存多少錢，絕不勉強，對生活做出穩當的規劃。但是，平衡主義可以明確預知到退休為止的生活規劃。也就是不會有任何改變。恐怕不要說瑪莎拉蒂，就連入手馬自達的庫貝[9]都有危險。）

有個在新宿旭町領日薪的勞動者一整週只喝一瓶牛奶，睡在車站的長椅上，用省下來的錢在日生劇場欣賞來自柏林國立歌劇院的演出。他看了阿班・貝爾格[10]的《伍采克》[11]，為故事中男性只能吃豆子的悲劇深受感動，同時也了解劇場的存在是「另一種世界的空間」。如果這位日薪勞工能以此為契機，達成自我改革，這段冒險就可以說是成功了。依我來看，能夠從原本閉塞的狀況中變身（也就是恢復為人）、進行嘗試，這種投石問路般的單一某某主義將會奏效。

林家三平[12]的肉體正符合單一奢華主義。他的胸毛不時在提升全身軀體的價值，同樣的說法也適用於西哈諾・德・貝傑拉克[13]。西哈諾臉上所呈現的單一奢華主義，確實是靠鼻子拯救了他平凡的面貌。

當然，停滯的單一主義不僅止於「奢華」。那也指某種戲劇化的凝縮狀態，像「紀念日的思想」等大致上也可以列入同一系列。

譬如像飽受批評的「交通安全週」等，也就是單一主義的表現，父親節、母親節這些也是單一主義的變奏。不過必須要說，最早像這樣微溫的單一主義，必須要提高到破壞的程度，才會達到拯救的效果。（也就是聖心女子大學的千金小姐如果看了富永一朗⑭的姐姐漫畫⑮，無法從裸露的鬍鬚男咬女孩子的屁股嚷著：「這是老天賞給我的春季鮮肉！」這種畫面獲得破壞的能量就沒用。）

也就是單一破壞主義必須轉為動搖生活整體的「實際行動」。要向自己所被給予的一切挑戰，也就是毫不厭倦地反覆嘗試換工作、搬家、離家出走，否則毫無意義。這麼說絕不是在鼓勵進步，甚至只不過是在鼓勵移動而已，但是決定座標軸後移動，將會打開全新

⑨ 汽車的一種樣式，特徵是有一排或兩排的座椅，和左右各一扇車門。

⑩ Alban Berg，一八八五～一九三五，奧地利作曲家。

⑪ 《Wozzeck》，為阿班・貝爾格的第一部歌劇，依據劇作家格奧爾格・畢希納（Georg Büchner）未完成的作品《伍采克》寫成。

⑫ 本處指「初代」林家三平，本名為海老名泰一郎，一九二五～一九八〇，落語家。

⑬ Savinien de Cyrano de Bergerac，一六一九～一六五五，法國軍人、作家、哲學家。愛德蒙・羅斯丹一八九七年上演的舞台劇《風流劍客》、一九九〇年法國電影《大鼻子情聖》即描述他的故事。

⑭ 一九二五～二〇二一生於京都，漫畫家。曾就讀台灣台南師範學校（現國立台南大學），一九二一年獲得紫綬褒章（在學術、藝術上有發明、改良、創作等實績之人）。

⑮ 此處應指富永一朗的《チンコロ姐ちゃん》作品，為富永於三十五歲時創作，為其代表作。因將女性裸體等較為下流的劇情堂堂正正對待的作風，而飽受批評。其墓前有本作角色チンコロ姐ちゃん手拿花枝的雕刻。

的視野。依我之見，為了向閉塞的社會與「可以預知明天會發生什麼的狀況」挑戰，這個時代不正需要此類無止境的運動嗎？正如柯林．威爾遜所指出「有些文明會對某種挑戰穩健地應戰，相對地也有些文明受到挑戰後會面臨失敗」，不過即使是看似徒勞的換工作或搬家，我想至少要嘗試一次某種破壞。

最近似乎流行所謂的「睏倦病」。形形色色的人在「退休前已可預料」的日常生活中懶散度日，反正不管做什麼其實都一樣。也就是握著人生的方向盤邊打瞌睡，不知不覺每天都過著「恍神」的日子。在眼前虛無主義的時代，我希望大家要像漂流到無人島的魯賓遜一樣，對於生命中的每一件小事與消費重新恢復感受性，能夠直接透過肉身體驗新奇的感覺。種種「第一次體驗」印證了魯賓遜生存的意義與不安，為了創造這種「第一次體驗」，我想必須藉由單一破壞主義恢復人的本質，除此之外別無他法。

關於搬家、換工作、離家出走等各種挑戰的說明，就留待下次機會，不過最重要的是「實行」。「空泛」的冒險不會帶來任何改變。逃避只會讓自己越來越閉塞……舉例來說，你不妨立刻試著打包離家出走！還有一旦離家出走，絕對不可以輕易回去，這點也非常重要。

世界上竟然有像馬歇爾・埃梅[16]筆下《變臉人》[17]主角這種例子，有一天他變得比路易斯・喬丹[18]還英俊，於是先「離家出走」再重新返家引誘自己的妻子，最後恢復跟以前一模一樣的生活。要是像這樣透至骨髓都徹底成為習慣的俘虜，就已經太遲了！

⑯ Marcel Aymé，一九〇二～一九六七，法國小說家及劇作家。
⑰ 馬歇爾・埃梅於一九四一年創作的長篇小說。
⑱ Louis Jourdan，一九二一～二〇一五，法國籍好萊塢明星，演出《金粉世界》等電影。

自殺學入門

1 自殺機械的製作方法

少年時代，我熱衷於製作自殺機械。根據米・伊林的說法，人類的歷史也就是「道具的歷史」，據說猿猴爬下樹木演化為人類，就是因為發現道具。不過隨著道具漸漸趨於文明，後來就變成機械。在人類還可以運用自如時叫做道具，但是當反過來讓人忙得團團轉時，就改稱為機械。記得中學時代的生物老師曾說：「人類與道具共同發展至今，應該也會跟著機械一起滅亡。」從那時候起，機械與死亡在我腦海中變成無法分割的事物，我甚至開始對「自殺機械」的發明產生興趣。我在舊書店找到查爾斯・亞當斯①精采的自殺機械插畫。這幅圖收錄在《Dear Dear Days》這本書中，構想是先讓人嗅聞藥物後睡著，然後有斧頭從上方落下，是種為單人設計的斷頭台。相較之下，我發明的自殺機械沒有查爾斯・亞當斯筆下的機關那麼精巧。譬如「雙雞式自殺機」。假設我坐在椅子上讀江戶川亂步的小說或別的書，另外設置一把裝上子彈的獵槍，瞄準我的心臟，獵槍的扳機先用繩子跟兩隻雞的腳繫在一起。這兩隻雞站在我頭頂的砂袋上，由於砂袋有鑿洞，砂子會漸漸漏出來，雞的立足點變得不穩，牠們會本能地向下降落。這時綁在雞腳上的繩子會牽動扳機，於是將我射殺。還有一種是「上海莉兒型浴缸自殺機」。使用方式是邊聽懷舊的電影主題曲〈上海莉兒〉邊進入浴缸。讓錄音機的電線裸露出來，預先纏繞在浴缸的某處水位。再讓熱水從水籠頭持續流出。我會全裸（可以的話，只戴上圓頂高禮帽）並且心情愉快地入浴，邊聽著〈上海莉兒〉。漸漸地熱水水位持續上升，等到達電線的高度，我將會在一瞬間觸電身亡。除此之外，我還發明了「螺旋式自殺桶」「脫穀機型頭頂震動自殺機」「纏頸風琴自殺機」「四〇年心臟破裂發動機」等等。我甚至想到「為什麼不利用在學校的時間讓大家製作自殺機？」其實現代的機械幾乎都是「他殺機」。像汽車、電車、廢氣排放與水質汙染，本來都不是為了「殺人」而產生，而是為了其他目的而創造出來。只不過現在作為他殺用途的替代品使用。若是思考「人應該要怎麼死」，首先要保有尊嚴、經過方法化、排除被動遭到殺害的死亡。我希望至少對於死亡的自由，可以由自己創造。

① Charles Samuel Addams，一九一二～一九八八，美國黑色幽默漫畫家，作品曾改編為電影《阿達一族》。

2 上等的遺書寫法

好，既然決定自殺，就必須練習遺書的寫法。因為遺書是信件，所以在書寫時要儘量考慮到對方的心情。當然以字跡漂亮為佳，要是讓人看不懂就糟了。不過要是衝去書店買《得體書信撰寫教學》這類書籍也沒用。雖然書上有教怎麼寫賀年、通知、慰問、委託等各式信件，卻沒有提到如何寫遺書。要是因為「雖然有自殺的念頭，但是寫不出像樣的遺書只好不了了之」那就沒戲唱了。因此我建議在完成自殺機械後，致力於學習遺書的寫法。⑴首先你必須要明白，**遺書有兩種任務**。第一種是藉由言辭修飾死亡，將心情傳達給對方，另一種是處理事務。在傳達心情時，就算有點誇張也沒關係，就像藤村操②所寫的「憑藉五尺之軀，窮究如此浩瀚，曰『不可解』！」或是像我的中學老師一樣，在Peace香菸的空紙箱內側寫上「日本的大家，再見了」也可以，沒有特別的格式。另一種處理事務的作用，不用說牽涉到遺產的分配等。另外，除了上述的兩種功能之外，也有為消遣而寫的遺書。譬如太宰治在沒有要自殺的時候，也寫了很多趣味性的遺書。

「或許這樣的事不太可能，不過就算如此，以後若是要幫我立銅像的話，希望能讓我的右腳稍微向前伸，挺起胸膛，左手伸進西裝背心，右手緊握著寫壞的稿件，而且銅像沒有頭。欸，沒什麼特別的意義。我只是不想讓麻雀的糞便落在鼻梁上。而且底下的基座

要這樣刻著：這裡有個男人，他出生了，又死了。他的一生都耗在銷毀寫壞了的原稿。」（〈春近〉）

(2)**遺書的用語**只要用自己平常說話的語彙來寫就好。不需要因為死之將至，就忽然改用敬體跟謙讓語。

(3)**遺書應該要本人親筆書寫**。不管自己的字有多醜，由他人代筆感覺就是不對。雖然引用他人的遺書沒關係，但是完全直接照抄會很乏味。自殺的樂趣有一半來自「寫遺書」，要是把這種樂趣讓給他人，會是自己的損失（剽竊只有在涉及實質利益時才有用，譬如寫情書或參加徵文比賽之類）。(4)**遺書的字最好工整仔細**。若是字跡潦草，人們會推測死者臨終前是否心情紊亂。不過，要是稍有一、兩個錯字的話，或許能讓人留下更深刻的印象。詩人雷蒙・拉迪蓋[3]曾寫下「高明的穿衣方式是略帶隨興。一流的文章其實也是……」(5)**寫完遺書後，不要立刻封緘**，一定要反覆重讀。萬一漏寫了重要事項，提到不

---

② 一八八六～一九〇三，於栃木縣的華嚴瀑布自殺，留下的遺書《巖頭之感》對當代媒體及知識分子造成強烈衝擊。

③ Raymond Radiguet，一九〇三～一九二三，法國詩人、小說家，代表作為出道作《肉體的惡魔》及遺作《德・奧熱爾伯爵的舞會》。

必要的內容，或是有所疏忽，死了以後就不能再「重寫」了。

選擇遺書用紙：儘量不要用稿紙（稿紙會使文章看起來像是虛構的）。若是把遺書寫在信紙上雖然沒問題，但如果選到無格線的信箋，就要在底下墊著印有線條的紙張，書寫時才不會偏斜。用毛筆寫在卷紙上也可以，但是千萬要記住，要是用草書寫得太過飄逸，往生後就算有人問該怎麼讀，自己也無法回答。**遺書的信封：**像是過於華麗，或是印有水森亞土[4]插畫之類的信封都不適宜。在放入遺書時，千萬不要弄錯對象。我在少年時代曾經把催促母親匯錢的信，跟寫給酒家女的情書搞混，慘遭斷絕關係。各位千萬要記住，要是把遺書裝錯信封，那可無法成為日後回憶中的笑料。**寫在明信片上的遺書：**如果選明信片，可以寄給很多人。像我高中時代文藝社團的學妹塩谷律子，她寄來的遺書就是明信片。她從青函渡輪跳海自殺，在船隻出航前寄了明信片遺書給十二位朋友（只是究竟要選郵局印製的明信片還是風景明信片，很難決定。空白明信片大約是一行十五、六字到二十字，寫十二、三行剛剛好，如果是風景明信片的話，字數還要更少，但是也已足夠）。

以上是根據《優美的女性書信寫法》（花房恭一郎）為各位擬出，但實際上遺書不論寫在石塊上，或是寫在牆壁上都沒有關係。遺書是將自己的死敘事詩化，但是對於寫法、書寫的場所，不需要效法文學創作。飛行員可以藉由飛機雲寫遺書，男同志在廁所的塗鴉也是遺書，文案寫手可以將刊登在大報上的廣告文案當成遺書。大約在十年前，有一名九州大學工學部的學生曾經透過收音機自殺。在晨間廣播節目開始的一瞬間，電流通過纏在他身上的電線，於是自殺成功。從奪走他生命的收音機裡，流瀉出晨間宗教節目神清氣爽的播報，這即是他的「遺書」。

3 動機也是必要的

如果自殺機械完成，遺書也寫好了，要是連自殺的理由都先準備好，那就更恰當了。因為依照社會上一般人的想法，他們絕對不可能理解「因為看到花開得很漂亮所以想死」或是「我想試試死了會怎樣」的心情。在理性判斷優先的社會，「本質先於存在」是理所當然的。與其被凡事都想給予解釋的解說家恣意地編派理由，還不如先想好自己覺得最恰當的原因，因為你無法預知別人推測的究竟是不是事實。有一名高中生在畢業旅行途中，用浴衣的帶子綁在住宿旅館房門的門框，上吊自殺了。遺書上寫著「因為忍不住就是想自

④ 一九三九年生，日本插畫家、歌手、演員。其天真、夢幻可愛的插畫風格風靡七〇年代，特點是蓬鬆的金髮、藍色大眼女孩。

慰」。「我覺得不該再繼續，睡覺前還先用浴衣的帶子綁住雙手，但是我的手自己會移動。今天望著安藝宮島美麗的海，我想自己只有去死吧。」他寫遺書告解的對象既不是父母也不是老師，而是「神明」。時至今日竟然有高中生將自慰視為罪惡，著實令人吃驚，事件的真偽姑且不論，但是這樣的自殺實在有些悲哀。不過還有比這更悲慘的例子，就在兩、三週前，有一名女中學生連理由都沒想清楚，就在高中入學考試前一天自殺了。同校同學透露「她收到了第二志願高中的錄取通知，以她在中學的成績來看，應該可以輕鬆考進第一志願的學校。」她在遺書上也寫著「因為讓父母看到錄取通知，讓我產生想死的念頭」。她應該是突然不想活吧。但是報紙卻為這個事件加上了「少女因考試壓力而自殺」的無聊標題。

其實
即使無法大聲說出
過去的時間與
未來的時間
一樣長
只要試著一死

就明白了

正如淵上毛錢⑤的詩，「試著一死」有時也會成為經驗。只要理解即使是無法再現、負面的體驗仍屬「經驗」，就會明白死亡是遷徙，也是旅程。其實死亡的動機與理由都只是捏造出來的，那是偶然、虛構的。所以像太宰治「我早就有想死的念頭。今年正月，我收到一塊和服布料，算是新年禮物。布料的質地是麻，織入鼠灰色的細紋。這應該是夏天穿的，我想自己會一直活到夏天。」（〈葉〉）可以為一塊和服布料改變預定的計畫。自殺若是富有美感，因為那是虛構、偶然的。像有些處境窘迫的中小企業經營者因破產而自殺，表面上看起來是自殺，但實際上是「他殺」。因膨脹過度的資本主義社會缺陷導致的自殺，不拘形式都是他殺，所以不包括在我的「自殺學入門」範疇內。我只談論能為自己的死賦予意義的偶然自殺，並且想愉快地繼續探討這些。

4 選擇適合自殺的場所

一旦決定自殺，就必須慎重考慮場所。選擇自殺的場所，重要度相當於（甚至可能超

⑤ 一九一五～一九五〇，日本詩人，作品風格幽默，時而展現宏觀視野。

過）為戲劇架設舞台布景。日本交通公社發行的旅遊導覽書雖然沒有介紹著名自殺景點，但那並不表示一直以來公認的自殺勝地不存在。不過，適合自殺的景點已經逐漸政治化，或是遭到汙染。瑪麗絲・達米婭⑥的法國香頌唱著「死於海洋的人會變成海鷗」，但是近年來由於企業排放汙染物，別說變成海鷗，在海洋喪命的人應該會腐爛吧。在過去蒸汽火車的時代，臥軌自殺也不錯，但是近來鐵路持續高架化，臥軌頂多只能選在火車站的月台。上吊的繩子要是用尼龍繩會很沒情調，像梶井基次郎般「將遺體葬在櫻花樹下」也已不可得。由於地價高漲，人們普遍覺得與其在院子裡種植櫻花樹，搭建組合屋似乎更為合理。因此自殺者更必須費心選擇自我了結的地點，並思考自己的遺體將會置放在何處。譬如選在水邊自殺——這過去曾經很流行。希臘的女詩人莎孚⑦因失戀跳下萊夫卡斯懸崖自殺，風神埃俄羅斯⑧的女兒阿爾庫俄涅⑨追隨死去的丈夫投海自盡等，都是其中的先例。根據自殺研究家山名正太郎⑩分析，投水自殺是對「母體胎內羊水」的嚮往。也有一種說法，由於母胎內一片漆黑，所以投水自盡的人會在夜裡採取行動。據說過去在巴黎塞納河投水自殺的無名少女，面貌被製作成死亡面具，取名為「塞納河的少女」出售，後來因為模仿那位少女自殺的人絡繹不絕，「塞納河的少女」令人畏懼而被扔進河裡，等於又再次投水自盡。不過，現在塞納河已經徹底遭到汙染，甭提什麼女詩人莎孚，河面上漂浮著醉漢的嘔吐物、壞掉的燈泡、老鼠的屍體等垃圾。我認為想要投河自殺的人，恐怕會為此想另外開闢一條河流。如果演員為了說出僅此一句的台詞，會特地「搭建」舞台，自殺者為自己的死，也應該花些功夫「設置」合適的舞台布景。為了生存而創造世界的人，也應該為死亡建立另一個世界。那樣的舞台布景應該經過設計、規劃、上色——即使比任何舞台劇的背景更誇張也不為過。畢竟一齣戲演出三小時就結束了，死亡卻會永遠持續下去。而且死亡也是虛構的（證據就是：沒有人可以驗證自己的死）。**提案Ⅰ** 如果想讓自己的自殺更獨特，就要為自己的死專門設置一套布景。因此，從薩爾瓦多・達利[11]到赤塚不二夫[12]皆可，請選擇自己欣賞的藝術家，委託對方製作背景或大型道具（或是自己製作）。**提案Ⅱ** 與自殺相襯的小道具也是必要的。一朵紅花之類的點綴只會讓自殺顯得感傷，所以

---

⑥ Marie-Louise Damien，更為人知曉的是舞台名「Damia」，一八八九～一九七八，法國香頌歌手、演員。

⑦ Σαπφ，前六三〇～前五七〇，古希臘抒情詩人，作品大多已散軼。

⑧ 希臘神話中的風神，實際上希臘神話中有三名人物皆使用此名。

⑨ 其夫為特刺喀斯城（Trachis）國王刻宇克斯（Ceyx）。兩人因恩愛而惹怒宙斯與希拉，刻宇克斯搭乘的船被宙斯降下的雷霆擊沉，得知此事的阿爾庫俄涅也投海自盡。

⑩ 一八九四～一九九二，日本新聞記者、評論家。著有《世界自殺物語》《依據筆跡診斷性格》《世界自殺考》等書。

⑪ Salvador Dalí，一九〇四～一九八九，著名西班牙王國加泰隆尼亞畫家，以超現實主義作品聞名。

⑫ 一九三五～二〇〇八，日本漫畫家，著名作品有《天才妙老爹》《甜蜜小天使》等。

更耽美、或是有幽默感的小道具會比較合適。根據某篇新聞報導，在芝加哥的哈萊姆大道發現一名自殺的黑人勞工，在他的遺體旁擺著「笑袋」⑬笑了一整晚，就相當令人印象深刻。**提案Ⅲ**　當大道具、小道具都備齊了，當然也必須準備照明與音樂。即使無法實現將上吊襯托得更鮮明的照明，或是邀請保羅・麥卡尼作曲譜寫自殺主題曲，還是希望各位發揮「手工藝」的強項，選擇適合自己個性的照明、音樂（儘量連服裝、化妝也顧及），達到滿意的效果。

花發多風雨　人生足別離

5自殺執照

儘管自殺機械已完成，理想的遺書寫好，自殺的場所也決定了，卻不是每個人都能自殺。就像開車需要駕照，自殺也必須要有執照。社會福利主義者將終身守貞的神父或奉行蔬食主義的道學家、人道主義者作為招牌，我卻不同意他們的「生命無價」這類主張，不過為了守護自殺的價值，我希望大家不要將「自殺」與「事故死亡」或「他殺」「病死」混淆。若是因神經衰弱而導致上吊自殺，其實是病死。出於生活艱辛與貧困而銜瓦斯管自殺，應該是「政治上的他殺」（富永朗《廢柴老爸》裡的人物本來準備開瓦斯自殺，卻因為欠繳瓦斯費遭到停用。於是想到拚命吃地瓜，靠自己放的屁自殺，邊哭邊大吃一頓——真的說起來，這個例子背後的原因是失戀，所以其實應該歸類在「他殺」或「病死」）。由於欠缺什麼而死，真的說起來必須排除在自殺執照的資格對象以外。為什麼呢？因為如果明瞭「缺乏的某種東西」，死亡的必然性就消失了。家庭幸福、經濟方面也很寬裕、天氣晴朗、小鳥正在啁啾。明明沒有任何缺憾，就是忽然覺得想死——像這樣，如果以物質層面的充裕與價值選擇考量，無法避免且不合情理的死，才是自殺。就這個意義來看，三島由紀夫完成了相當絕妙的自殺。自殺非常奢侈，也很布爾喬亞[14]，如果不從一開始明白這一點，就會將「受外力逼迫而死」與自殺混為一談。那麼，生命越充實，死後的世界是否越有魅力？我們來試著思考這個問題。喬治・費多[15]在《死者禮儀史》這本書中指出，死與生一樣都是實際存在的。其中一個例子就是班巴拉人[16]對於倒影的看法。死者會化為

⑬ 原文為「笑い袋」，將會發出聲音的機械放入布製成的袋子之中，只要按下按鈕，原先錄好的笑聲就會播放的一種玩具。

⑭ Bourgeoisie，譯為「資本階級」，後常直接音譯為布爾喬亞。原指擁有生產工具並僱用勞工的資本家階級，後衍生指經濟上略為寬鬆的族群。

⑮ Georges Feydeau，一八六二～一九二一，法國劇作家及畫家、藝術品收藏家。

⑯ 屬於西非曼德民族的族群，主要居於馬利南部、幾內亞、布吉納法索、塞內加爾等地。

倒影去其他地方生活，在水中接受精靈的保護，如果想再度返回有生命的現實世界，就會附在剛出生的嬰兒身上復活。那麼，化為倒影究竟有什麼樂趣呢？有人說「就像變成透明人一樣」，如果死後變成透明人，就可以從現實社會的紛擾中脫離。而且還能在各種地方出沒，旁觀他人的生活。也有人說「透明人不必繳稅」，又如朗斯頓・休斯這位詩人的譬喻「墳地是最划算的旅館」。河內邦夫[17]如願以償實現的夢想「萬歲、萬歲，我變成透明人了！」也是一首自殺歌曲。但是所有這些死後幻想，最終都是逃避現實的思想，完全沒有解釋自殺的樂趣。如果不是「面臨死亡而變得自由」而是「擺脫生命的苦悶獲得自由」，這樣的自由仍然是失敗的。我對於下列的人們不予頒發自殺執照（就算他們親手結束生命，但實際上可說是死於事故或病死）。「連自殺的價值都沒有的人」：⑴為早洩、性器短小而煩惱的男人。⑵大學入學考試的落榜生。⑶聽了滾石樂團的搖滾樂而毫無感覺的人。⑷得了痔瘡而苦惱的人。⑸不自覺感到厭世的人。⑹沉迷於柏青哥，老是挨罵的人。⑺「什麼是意義？什麼是無意義？體系化的思想無非是意識的私有化，自一九二〇年以降，體系化的理念往往在歷史上只是補足體制。我們以自己的目的追求傾向無意義的事物，感受自身布爾喬亞的界線……」（以上引用原文），總是像這樣思辨的人。⑻保持童貞之人、處女。⑼低收入勞動者。⑽還沒嘗試喝過魚翅湯的人⑾還沒有聽到女孩子說「我愛你」的男人。⑿看了高倉健演的電影會心生羨慕的人。⒀面臨盜用公款、破產、生活困苦這類處境的人。⒁正在治療足癬的人。自殺完全是種使人生虛構化的儀式，既是建立在擬劇論[18]的祭典，也是種自我表現，具有神聖的一次性而且是快樂的。為了讓生存與死亡的自由具有同等價值，應該杜絕模仿，嚴格制訂執照規約，只能讓特權階級獨享。

6 殉情的建議

那麼，既然決定自殺，試著找個同伴如何？雖然有評論家曾寫出「人無法獨自活著，卻可以單獨死去」，但是比起一個人死去，不用說兩個人一起結束生命更理想。就像老鼠自殺時一定會集體行動，將死亡從孤立中解放出來。自殺集團化的實現，包括像一七〇三年的赤穗四十七義士[19]、一七五三年的薩摩七十九士，以及會津白虎隊[20]的集體切腹，在「日本自殺史」中不乏這類例子。就像「一個人獨自生存」不容易，「單獨離開人世」也

---

⑰ 一九四〇～，日本作曲家、編曲家，一九六〇年代曾組樂團「The Happenings Four」。

⑱ Dramaturg，一種用於分析微觀社會學中人際交往的社會學理論。

⑲ 一七〇三年，原赤穗藩藩士大石良雄等四十七人為報舊主淺野長矩之仇而殺害吉良義央及其家人，史稱「元祿赤穗事件」。

⑳ 為會津戰爭（一八六八年）時，舊幕府勢力組織，由十五～十七歲少年組成，後因戰敗而集體切腹自殺。

很難。尋找同伴自殺即是兩個人「一起作著相同的夢」。大正十年有「哲學殉情」之稱，哲學家野村隈畔[21]與女學生岡村梅子連袂自殺，兩人揭露自己的決心「革命終將來臨，進入自由實現的絕對境界」，留下遺書「一般世俗之人，豈能理解嚮往永生的心情。即使在社會上引起軒然大波與揣測，人們也無法理解我倆的世界與內心」。他們兩人在市川投水自盡，翌日在津田沼的海中尋獲屍體。據說當時他們將雙手伸入對方的和服衣袖緊緊相擁。如果將這樣的殉情定義為「男女因性愛而一起赴死」，我想不太正確。為什麼呢？因為兩人在死亡中找到超越了性（生）的愉悅，如果判斷為因性愛而赴死，完全忽略了他們對於死亡的思想。我個人欣賞殉情，因為這又比一般的自殺更奢華。一個人的自殺往往很簡樸，如果是兩人一起的話，不論是選擇場所、寫遺書、自殺的方法，都要花更多心思。歌舞伎如果演到「私奔」的段落，往往都是重頭戲。殉情（漢字「心中」，原意是「深刻地思索真相」）跟單純只是為逃避而死，有著明顯的區別。

「殉情雖然感傷，卻既不無精打采，也毫不柔弱無力，從另一方面來看，這種行為其實富有氣勢，甚至可說是勇猛的。」（橘孝三郎[22]《天皇論》）

馬克思主義不包括自殺論，與其對立的保守主義卻有許多例子，這或許透露出自殺的形而上性。馬克思主義認為自殺是偽裝的「他殺」，精神分析學則探討他殺化的自殺。不過各位必須先明白，自殺完全是結構難以釐清的修辭世界。「生存」的表現只有一種，而「死」的詞彙卻不少。譬如像「死去」「走了」「往生」「沒命」「壽終」「斷氣」等。從兩個人去死，到十個人死，進而至整個社會的死，這樣的想法終將會讓死相對於「正面的現實」，成為「負面的現實」。如果只有一個人成行，地獄之旅毫無樂趣。既然要死，就需要同伴。為了盡情地讓人生的落幕更精采，如果有哪位女性想跟我一起死，請務必寫信給我。

7 自殺紳士論

前面的段落探討了一般的自殺，以下這一節我想介紹幾位「自殺紳士」。接下來打算自殺的諸君，可以將這幾位前輩當作範本，為實現更精采的自殺提供參考。「只讓想活的人活下去就好。就像人有生存的權利，當然也有死亡的權利。」（太宰治《斜陽》）

㉑ 一八八四～一九二二，日本哲學家，擁護絕對自由主義。一九二二年，與對其作品《永劫の彼岸へ》有所共鳴的女性一起自殺。

㉒ 一八九三～一九七四，日本政治運動家、農本主義思想家。

藤村操 一九〇三年五月二十二日自殺。當時他還是舊制第一高等學校的學生，在日光市的華嚴瀑布投水自盡，確立了日本自殺史上的「純粹自殺概念」。他削尖松枝，寫下題為「巖頭之感」的遺書，接著縱身跳下瀑布深淵，由於他那光彩耀眼的死法，讓世人對自殺的印象耳目一新，可謂立下大功。當時的報導將藤村的舉動稱為「哲學自殺」，他所寫下的「巖頭之感」比當時任何詩作更廣為流傳。

「悠悠天壤，遼遼古今，憑藉五尺之軀，窮究如此浩瀚。赫雷修㉓的哲學有何等權威？萬物之真相，唯有一言以蔽之，曰『不可解』。胸懷憾恨，煩悶至極，決心一死。既已立於巖頭，內心毫無不安。於是知曉：莫大的絕望與喜悅，其實一致。」

由於藤村的自殺，使得華嚴瀑布成為「自殺勝地」。光是從一九〇三年到一九一一年之間就有超過兩百名投身者（包括自殺未遂者在內）。印著「巖頭之感」的明信片在當時熱賣，唯恐出現更多自殺的模仿者，最後禁止販售。當然，批判這種風潮的人並不是沒有，宮武外骨㉔就指出「那不是哲學自殺，而是一般的失戀自殺」，並且諧擬藤村的遺書寫出「於是知曉：莫大的吹噓與成名，其實一致」。然而藤村的自殺，並不像中小企業破產導致一家開瓦斯自殺般寒傖。他的死是剩餘的產物，在大自然與死的融合中，蘊含著對明治維新以來日本近代化的批判。這種富有美學的「自殺方法的確立」，證明了死與生同樣實際存在。

原口統三㉕　他在一九四六年自殺。藤村死於十八歲，原口死於二十歲。兩人同為舊制第一高等學校的學生，但是從原口的個案可看出更濃厚的歷史陰影。戰後的混亂與各種價值的崩壞，使原口產生前往「另一個世界」的念頭。他曾寫下「詩人說，原口彷彿生來就是註定會失戀」。他無法愛別人，或許那是因為他太愛自己，也反映出戰後的社會感情潛藏著對人的不信任。他對於波特萊爾所寫的「戀愛是賣淫的慾望，但是戀愛終究會因所有的慾望而蒙塵」產生共鳴，自己也寫出「愛無疑是我們的故鄉。但我卻沒有故鄉。」不過，原口在人生之外尋求的事物相當嚴苛，相較之下，他在人生中所找到的卻令人感到過於抽象。「養育我的家，父母、哥哥姐姐們。在這裡，彷彿連看慣了的家具等物，也成為家庭的一員，寵溺著我。我無法承受那樣的溫暖。我想變得冷酷，前往出發『精神』的冒

㉓ 此遺書中出現的「赫雷修」被認為是莎士比亞作品《哈姆雷特》中主角哈姆雷特的朋友，赫雷修。

㉔ 一八六七～一九五五，新聞記者、評論家。

㉕ 一九二七～一九四六，生於朝鮮半島的京城府（現首爾）。一九四六年十月二日自殺未遂，同年十月二十五日於逗子海岸投水自殺。生前所著《二十歳のエチュード》於一九四八年發行。

險之旅。也就是拒絕一切溫暖的事物，即刻回歸『死亡』。」

圓谷幸吉㉖可以的話，我希望圓谷在奔跑中死去。那是對跑者最美的自殺方式，也是與「莫大的絕望與喜悅，其實一致」連結的唯一美學。一九六八年割頸自殺㉗的圓谷，是東京奧運的馬拉松銅牌得主。當時他正準備參加同年的墨西哥奧運，進行訓練中，卻突然留下遺言「幸吉已經筋疲力竭，跑不動了」而後尋死。以他的情形來看，與其說是自殺，不如說是他殺。報紙上也以「究竟是什麼原因使得圓谷選手尋死」為標題，暗示背後的「犯人」應是賦予孤獨長跑選手出賽的使命，名為奧運榮光的「愛國思想」。不過，圓谷的死跟一般的他殺不同。尤其在他的遺書裡緩緩地敘述，猶如以跑馬拉松般的平均速度前進，提及正月的飲食回憶，那已成為他的心象風景，也是動人的詩篇。「父親大人，正月初三的山藥泥拌飯很美味。柿乾、年糕也都很好吃。敏雄兄嫂，壽司很好吃。克美兄嫂，葡萄酒與蘋果很可口。巖兄嫂，紫蘇飯、南蠻漬很美味。喜久造兄嫂，葡萄酒與養命酒很好喝，還要謝謝你們經常幫我洗衣服。幸造兄嫂，非常感謝你們讓我往返搭便車。紋甲烏賊很好吃。正男兄嫂，抱歉讓你們操心了。幸雄君、秀雄君、幹雄君、敏子、秀子、良介君、美代子、由紀江、光江、彰君、芳幸君、惠子……希望你們以後成為有出息的人。」

例子。他在退出競賽之後成為教練與負責人[29]，擔任相撲協會的監事，有一天他留下遺書給兒子們「不要跟著爸爸吞藥，好好地長大成人」，然後就自殺了。奇怪的是，他選擇的是「不需貓」滅鼠藥。這麼大塊頭的男人吞服老鼠藥，痛苦倒地打滾而死，這究竟暗藏著懲罰自己的意思，還是自我批判，認為自己不過是隻老鼠？加藤秀俊[30]筆下提到「日本經濟的工業化過程始於明治中期，完成於大正初期」認為這種反映工業化的自殺到了昭和初期開始出現。譬如芥川龍之介使用的安眠藥佛羅拿[31]，東大學生川田的麻醉藥物拿可朋與

伊勢之濱[28] 同屬於運動員的自殺，更奇特的是一九二八年相撲力士大關伊勢之濱的

㉖ 一九四〇～一九六八，長距離跑者、陸上自衛隊隊員，一九六四年奧運銅牌得主。
㉗ 原文上吊自殺，疑似筆誤。
㉘ 伊勢之濱．慶太郎，一八八三～一九二八，最高位為「大關」，於靜岡縣沼津市的旅館服毒自殺。
㉙ 漢字寫作「年寄」，在這裡是相撲用語，與一般指「長者」的詞彙無關。
㉚ 一九三〇～，日本評論家、社會學者。
㉛ Veronal，為第一個商品化的巴比妥類藥物（作用於中樞神經系統的鎮靜劑）。一九〇三年～一九五〇年代被作為安眠藥使用。

鎮靜劑卡蒙汀㉜，千葉醫科大學青木助教皮下注射的東莨菪鹼㉝，乃至重鉻酸鉀㉞的流行一直到「不需貓」滅鼠藥。而且據說「不需貓」非常容易取得，大關與滅鼠藥的組合雖然透露出自殺與工業化社會的共犯關係，但是以純粹自殺來說，實在稍嫌不足。

五郎與八重子　一九三二年五月九日，在神奈川縣大磯附近的草叢發現調所五郎與湯山八重子殉情的屍體，經過當時新聞記者的美化「坂田山殉情的兩人在天國結為連理」，引起軒然大波。五郎是慶應大學學生，八重子是富家千金。在兩名死者的頭邊擺著北原白秋㉟的《紅色小鳥》㊱、羽仁元子㊲的《嬰兒之心》㊳，已經服用的昇汞水㊴毒物細長玻璃瓶。五郎穿著制服，八重子身穿紫藤色和服，兩人雖然沒有性關係，但是以頭邊擺著《嬰兒之心》及另一本書來看，這場自殺經過充分計畫，是兩人合作虛構的一齣戲。我認為這段殉情與藤村操的情形類似，是在行使「死亡的權利」，從美學來看（儘管有點過於感傷），可視為自殺的一種典型。五郎與八重子的故事後來還譜寫成流行歌曲，在世間傳唱：

死後來到愉快的天國
成爲你的妻子

五郎的父親還投稿到雜誌「八重子小姐呀，請稱五郎為『夫』，五郎，你也稱八重子小姐為『妻』吧。神呀，請賜予這兩個可憐的靈魂恩惠與平靜」，這段文字賺人熱淚。但是他父親所寄予的同情，其實「完全在狀況外」。如果兩人繼續活下去，結為隨處可見的尋常夫妻，會比選擇殉情的單一奢華主義更幸福吧——這只不過是在世的人自己的「解讀」。五郎與八重子已經充分達到目的，他們不需要仍然活著的人代為「重現」或補充。

《小王子》

文學作品中描寫的自殺者也不少。而且對我們來說，他人的自殺不論是現實或虛構，從一開始敘述就註定成為故事，也因為如此，我們覺得「自己無法體驗那樣

㉜ 白色結晶狀無臭粉末，鎮靜催眠劑，一九〇八年於德國發明。

㉝ 劇毒，別名為「魔鬼的呼吸」。主要來源為植物天仙子、曼陀羅等。

㉞ 有毒且具致癌性的強氧化劑，被國際癌症協會（IARC）歸為第一類致癌物質。

㉟ 一八八五～一九四二，童謠作家及詩人，與三木露風並稱「白露時代」，皆為近代日本的代表詩人。

㊱ 應為北原白秋的童謠詩歌集《赤い鳥小鳥》，原文誤植為《青い鳥小鳥》。

㊲ 一八七三～一九五七，日本第一位女性新聞記者，婦女之友出版社、自由學園創立者，同時也是「家計簿」概念的提出者。

㊳ 《みどり兒の心》，記錄作者羽仁元子日常生活中的心緒軌跡。

㊴ 在水中混合昇汞（俗稱氯化汞）及食鹽，劇毒，平時作為消毒劑使用。

的自殺」。聖修伯里筆下的「小王子」來到這世界，面對人際關係的空虛與徒勞。文明、金錢、慾望，這些對他都太過喧囂擾攘。他想起自己過去因爭吵而離開，留在小行星上的玫瑰花，因為思念，於是願意被蛇咬死，讓靈魂返回原來的星球。小王子「小行星的家」除了象徵尋常的死，也讓我們預測另一個世界的狀態。就這層意義來看，與其他的厭世自殺有明顯不同。那並不是「從生命尋求逃避」而死，而是「朝向另一種生前進」。這個故事的作者聖修伯里不只寫過《夜間飛行》《人類的土地》等飛行文學作品，自己也當過飛行員。有一天他啟航後行蹤不明，後來也沒有尋獲遺體，人們猜測他大概回到「小行星的家」了。

狂人皮埃洛　楊波・貝蒙[40]在臉上塗油漆，身上纏著黃色炸藥猶如背心，他望著海，說出韓波[41]的詩：

你發現了什麼？
是永恆

同時引爆炸藥而死。高達的電影《狂人皮埃洛》[42]最後一幕表現的自殺，由於方法相當獨特，讓人留下深刻的印象。主角名叫費迪南，也就是楊波・貝蒙飾演的角色，他喜歡看漫畫，雖然會談戀愛卻一無所有。他的臉上總是浮現一抹冷笑，「除了死以外，沒有其他可做的事」以這層意義來看，他已經符合自殺者的條件。

森恆夫㊸

我想為森恆夫的死哀悼。這位美男子是現代版的惡靈附身，演出謝爾蓋•涅恰耶夫的革命劇，他在元旦於監獄上吊自殺，完成了他虛構的政治。如果他繼續存活甚至捲入法庭訴訟，那麼不論是淺間山莊的槍戰㊹、森林中的人民審判，或是他構思的要理問答，都將在日常中風化、褪色，並且因體制巧妙的心理操作，將他的所作所為矮化成動用私刑與槍擊警官事件。不過，他選在元旦上吊自殺，讓事件透過自己的死重現，同時也涵蓋「他

㊵ Jean-Paul Belmondo，一九三三〜二〇二一，法國影壇傳奇明星，除了以尚盧•高達《斷了氣》《狂人皮埃洛》等藝術電影聞名，也勝任動作片等商業電影角色。獲得坎城影展榮譽金棕櫚獎、凱薩電影獎終身成就獎。

㊶ Jean Nicolas Arthur Rimbaud，一八五四〜一八九一，法國著名象徵主義詩人，一生僅於十四〜十九歲進行創作。其作品影響深遠，啟發後續的超現實主義。

㊷《Pierrot Le Fou》，一九六五年法、義合作拍攝的電影，由楊波•貝蒙與安娜•卡麗娜主演。法國新浪潮導演尚盧•高達的第十部作品，也是他的代表作之一。

㊸ 一九四四〜一九七三，於東京拘留所上吊自殺。日本左翼活動家、聯合赤軍中央委員會委員長。

㊹ 統稱「淺間山莊事件」，一九七二年二月十九日〜二十八日於輕井澤的「淺間山莊」發生的劫持事件。由五名聯合赤軍成員脅持山莊管理人妻子長達十天，最後警方攻堅拯救人質。

的聯合赤軍」企圖實現的革命。這些事實在電子媒體時代恰如其分地傳達給我們。雪在電視畫面落下。現已退出影壇的女星藤純子[45]，她所飾演人稱「緋牡丹」的龍子在橋上回頭。橘子滾落在地上。離別總是靜悄悄的，沒有留下再會的約定。忽然，畫面切換為即時新聞插播「聯合赤軍森恆夫　在監獄上吊自殺」。他的死或許出於政治因素，但他在政治上並未死亡。這場自殺與革命活動漫長灰暗的夜晚共通之處，或許在於只相信單一現實者的手段。我試著將森恆夫的自殺與藤村操比較，稍加思考。藤村削松木寫遺書，森恆夫則耗費了手槍與血、阿爾貝托．巴約[46]的書頁、數條人命寫遺書。即使以一般社會道德加以審判，又有什麼意義？「大自然規定通往人生的入口只有一個，卻讓我們明白出口有數千個。」（蒙田[47]）

8 後記

當我思考自己的自殺時，感覺到很難將自己與他人切割。自己並不是一種獨立的存在，只不過是他人的一部分。抹煞掉自己，或多或少也會傷害到他人，有時候甚至也會殺了別人。所以到了現在這個時代，自殺時想不連累別人也不可能了，我邊這樣想著，感觸良多地凝望著鉛筆。

盛夏天空下的遠帆呀，那正是我心之帆。　山口誓子⑷⑻

⑷⑸ 一九四五～，日本女演員、主持人。

⑷⑹ Alberto Bayo，一八九二～一九六七，西班牙內戰期間共和派的古巴軍事領導人、詩人。

⑷⑺ 米歇爾・蒙田，Michel de Montaigne，一五三三～一五九二，法國哲學家，以著作《隨筆集》留名後世。

⑷⑻ 一九〇一～一九九四，本名山口新比古，俳人。

歌謠曲人入門

歌謠曲加油　我不管做什麼都不順利，欠債還不完，工作也一塌糊塗。只要聽到火車的汽笛聲，就想回老家。

不過，跟我一起離開故鄉闖蕩的朋友，自從跟洗衣店老闆吵架不去上班後，忽然在NHK《自豪歌喉》節目大放異彩，躍居為人氣歌手。

據說他現在住在高級公寓裡，唱片銷售量已經突破十萬張。我心想「唉，真是不走運」。不過，等一下。「那傢伙現在正走紅，可是誰知道以後會怎樣？」於是那首我經常唱的歌[①]，不自覺就脫口而出：

做個人見人愛的好孩子，
落魄的時候，還不是孤單一個人？
我的墳地，自己會去找。

到這裡，我放開嗓子更宏亮地唱出「沒錯，就這樣豁出去吧！」收尾，於是對朋友的際遇，好像沒那麼羨慕了。

這就是歌謠曲人。

我不善於言辭。

而且稍微有點口吃。看了海報以後，試著去「治療口吃與社交恐懼」研究會，果然還是沒自信。明明很想跟外界互動，但是在別人面前就什麼也說不出來。

所以在不知不覺中，我將畠山綠的歌謠曲當成自己的處世哲學。

等著看吧　沒有說出口的
堅定夢想深藏於心

這首歌是這樣唱的。每次唱到「沒有說出口」這一句，我就會湧現莫名的勇氣。這也

---

① 與下一段歌詞同樣節錄自〈出世街道〉。

是歌謠曲人。

每當遇到不順利的事，就唱出一段歌謠曲，以歌裡的處世之道作為墊腳石，繼續生存的市井小民，或是遇到危急時刻，總是哼著歌突破難關的街坊大哥大姐，我想這些人都可以通稱為歌謠曲人吧。

歌謠曲是我們這個時代的藍調。我自己平常不會唱，但是在新宿的歌舞伎町酒店打撲克牌到深夜，覺得累壞時也會唱歌謠曲。

「我啊，大概下個月想辭掉工作，去夏威夷待一陣子。」

戴著費多拉帽的老大哥說。他打出葫蘆②，卻敗給別人的鐵支③，頓時氣勢大減。

「因為夏威夷是我的故鄉。」

聽到他這麼一說，酒保頓時唱起了歌謠曲：

有故鄉可歸真好

但我既無名亦無雙親

就像這樣的情景。

那些穿著西裝的小混混，翻閱著賽馬報邊舔著紅鉛筆，惹人嫌地模仿著三橋美智也④唱著「昨日一獲千金，今天就跌落地獄坂」，他們也是值得上天垂憐的歌謠曲人。還有對諸般世事都以「多謝、多謝」嘻笑帶過的街頭娼妓——其實她們身上遍布著瘀青，每天都不好受吧。這麼一想，我就想拍拍她們的肩膀說「歌謠曲人加油！」

還發生過這樣的事。

我在千鳥街的小酒館喝酒，看到吧檯角落有一對男女正在爭吵。

他們的音量漸漸提高。

「我去哪關你什麼事，你又不是我老公！」

---

② Full House，撲克牌中的一種牌型：三張同數字加一張其他數字的牌。

③ Four of a Kind，撲克牌中的一種牌型：四張同一數字的牌。

④ 一九三〇～一九九六，日本著名演歌歌手，戰後日本男性流行歌手代表，締造歷史上第一次唱片出版數超過一億張之紀錄。與村田英雄、春日八郎三人領導歌謠界多年，亦組成「三人會」。

「就算不是老公，也有給妳錢啊。」

「什麼呀，才那麼一點點！」

「我在問妳前天晚上到底去哪了。至少我還有問的權利吧！」

男人說到這裡，連聲調都不自覺變了。

忽然間他一把抓住女人的衣襟「妳就老實說吧，妳是不是跟那個推銷員去旅館開房間了！」

「啪」的一聲，響亮的耳光打在女人臉頰上。她哭著說「不是！不是你想的那樣。」試著掙脫他的手，但彷彿奧賽羅般嫉妒到發狂的男人，繼續「啪、啪」不停地打耳光。嘿，我向酒保使眼色。

於是酒保似乎想到了什麼，開始放唱片。他選的是畠山綠的歌。

你來到這世界，究竟爲了什麼？

不要只顧著追女人，

多關心天下國家，

努力成爲大人物！

當唱到「大人物」，歌聲在這裡收住時，酒吧裡原本悄然無聲的其他客人爆笑出來。就連剛剛毆打女人的男客也意識到，這是為自己引起的鬧劇所播放的主題曲，悻悻然不得不住手。

這位酒保應該也可以算是「歌謠曲人」吧。仔細一想，這段插曲最後的尾聲令人聯想到埃里希・凱斯特納[5]的《人生處方詩集》，的確是很俐落的處理方式。

孤立無援的歌謠曲無宿　「歌謠曲，不錯嘛。」某位大學教授這麼說。也有評論家試圖以大眾文化論的觀點定義歌謠曲，進行研究。多田道太郎[6]說：

「聆聽浪曲，它的發聲法彷彿猛然除去從上方壓迫的重物。也就是歌唱者由於受歧視的壓力，發不出聲音，於是彷彿從腹部發聲突破，令人感受到強大的力量。」

的確，據說浪曲的源頭確實出自受歧視部落，是種在門前賣藝的街頭表演。這麼一

---

⑤ Erick Kästher，一八九九～一九七四，作家及詩人、劇作家，被譽為「德國戰後兒童文學之父」。一九六〇年榮獲國際安徒生大獎，以《小偵探愛彌兒》《飛行教室》為讀者熟知。

⑥ 一九二四～二〇〇七，日本法文文學家、評論家。

說，我想起都春美[7]那種奮力的唱法，彷彿即將瀕臨漏尿，令人感受到「摒除」般的生命力。井澤八郎[8]也好，美樹克彥[9]也好，畠山綠也好，如果同樣試著以這種浪曲的傳統來思考，可以感受到那種「天生的嗓音」潛藏著與沉重壓力抗衡的力道。而且浪曲在受歧視部落中「作為庇護部落中犯罪者的說唱藝術，在京阪神之間廣受喜愛」。由此多少可以推斷，浪曲一直是邊緣人、多餘的人、受排擠的人、無家可歸者的音樂，由此逐漸發展。

熠熠生輝的流星，
燃燒著墜落在北方的盡頭。

包含這段歌詞的〈網走番外地〉，可說發揮了桃中軒雲右衛門[10]之前的正統浪曲精神。我在前面提過，歌謠曲是我們這個時代的藍調，如果更嚴謹地分類，應該可以分成從民謠的譜系發展出的歌謠曲，以及從勞動歌、校歌延伸到民俗音樂、合唱曲的這兩種類型。而歌謠曲最明顯的特質，就是「無法合唱」。

小林旭與淺丘琉璃子在電影《絕唱》[11]中，兩人雖然分隔兩地，但是到了一定的時間，兩人會唱同一首歌。

這無疑是種另類的合唱，一起唱歌卻沒有碰面。

對於當下正在唱歌的兩人，最重要的並不是合唱般的「集體意識」，而是極其隱約模糊的「一體感」。

孤單寂寞這條街，黃昏時充滿哀愁，

拭去眼淚尋找吧。

中年家政婦邊擦拭廚房，邊唱著這首歌。但是那〈兩人的星星〉[12]的另外一個人在哪裡？

---

⑦ 一九四八～，本名北村春美，演歌歌手。曾演唱吉卜力工作室《兒時的點點滴滴》片尾曲〈愛是花，你是那種子〉（愛は花、君はその種子）。

⑧ 一九三七～二〇〇七，本名工藤金一，演歌歌手。

⑨ 一九四八～，本名（同時為舊藝名）日方誠，歌手、作詞作曲家。

⑩ 一八七三～一九一六，代表大正至明治時期的浪曲師。

⑪ 本處提到的《絕唱》為一九五八年由瀧澤英輔導演、小林旭及淺丘琉璃子主演的版本。

⑫ TBS「木下惠介劇場」黑白電視連續劇，一九六五～一九六六年播映。以仙台為背景，描寫船員與店員的愛情故事，並有同名主題曲。

在報紙角落的人生諮詢專欄，經常刊登著不幸的兩人故事。有的人坐在樓梯上，或是從長途運輸卡車的貨台仰望天空，在學校的宿舍……形形色色的歌謠曲人獨自唱著〈兩人的星星〉，從中可以感受到，試圖修復現代斷絕溝通的「一體」意識。

如果以勞動歌或是合唱曲的形式，由眾人投入共同及信任的情感一起歌唱，又會是什麼光景呢？

既然要騙我，
乾脆騙一輩子算了。

如果有一萬人展開「東京藍調」大合唱，聽到後會覺得感動的恐怕是政治家之流吧。歌謠曲是一人獨唱的歌曲。

而且那應該是孤立無援的大眾，面對著只能獨自處理的問題時，不自覺脫口而出的歌。

在棒球場上。

南海隊[13]大幅領先西鐵隊[14]。西鐵隊正面臨是否會遭到淘汰的緊要關頭。

這時必須對南海隊展開反擊，但西鐵隊還是表現得一蹶不振，於是球迷感到不耐煩，甚至大聲嘶吼起來：

「中西[15]，你到底在幹嘛！」

「快上場！」

好不容易出現滿壘無人出局的機會，看台上的觀眾齊聲向西鐵隊的中西總教練[16]吆喝，要求他展現「作為選手的光榮」，演變成非要中西上場才肯罷休的局面。就在此時，中西卻輕聲唱著〈姿三四郎〉[17]：

---

⑬ 福岡軟銀鷹隊的前身，一九三八年創立。

⑭ 現為琦玉西武獅隊，一九四九年成立。一九五〇年代曾有過輝煌時期，一九六〇年代後漸趨衰弱，遭南海隊取代。

⑮ 中西太，一九三三～，選手時期效力西鐵隊，一九六九年退休。

⑯ 日文稱為「監督」。有時球隊可指定現役球員兼任總教練。

⑰ 村田英雄演唱，關澤新一作詞，安藤實親作曲。

比起綻放的花朵　我更喜歡
承受踐踏而生的
草之心

究竟「草之心」是什麼？那究竟是指像野草般強韌地生存，還是比喻為了讓花朵綻放，根雖然不起眼但也不可或缺，就像為了栽培選手，總教練的位置絕對必要？其中真正的含義我也不明白。不過為了抒發內心情感而獨自哼歌，從這一點可隱約看出中西太作為歌謠曲人的本質。

歌謠曲人是堅強的。若不是以轉瞬即逝的歌詞為憑藉，就能微笑地面對眼前七個敵人的男子漢，根本無法參與時代的變革。

所以，我想建議全日本一億人都試著成為「歌謠曲人」。

日文系 061

抛掉書本上街去

作　　者—寺山修司
譯　　者—李佳翰（第一～第三章）
　　　　　嚴可婷（第四章）
出 版 者—大田出版有限公司
　　　　　台北市一〇四四五中山北路二段二十六巷二號二樓
E - m a i l—titan@morningstar.com.tw http://www.titan3.com.tw
編輯部專線—（02）2562-1383 傳眞：（02）2581-8761

總 編 輯—莊培園
副總編輯—蔡鳳儀
行銷編輯—藍婉心
行政編輯—楊雅涵／鄭鈺澐
校　　對—黃薇霓／李佳翰／嚴可婷

初　　刷—二〇二二年（民111）十月一日　定價：四二〇元

購書E-mail—service@morningstar.com.tw
網路書店—http://www.morningstar.com.tw（晨星網路書店）
　　　　　TEL：（04）2359-5819 FAX：（04）23595493
郵政劃撥—15060393（知己圖書股份有限公司）
印　　刷—上好印刷股份有限公司
國際書碼—978-986-179-760-1 CIP：861.67/111011212

填回函雙重禮
①立即送購書優惠券
②抽獎小禮物

國家圖書館出版品預行編目資料

抛掉書本上街去／寺山修司著；李佳翰／嚴可婷譯.
—初版—臺北市：大田，2022.10
面；公分.—（日文系；061）

ISBN 978-986-179-760-1（平裝）

861.67　　111011212

法律顧問：陳思成